A Faint Cold Fear Thrills Through My Veins
William Shakespeare

Zu diesem Buch

Young Serra, ein ehemals vielversprechender Boxer im Fliegengewicht und in den letzten Jahren ein heruntergekommener, versoffener Gelegenheitsarbeiter, wird begraben. Er stürzte von derselben Dachterrasse, wo er als junger Mann, als «Liebling» des Viertels trainiert hatte. Volltrunken fand er sein Ende im Patio, dem Innenhof, einem Licht- und Luftschacht voller Wäscheleinen, mit Einblickmöglichkeiten in das private Innere der ärmlichen, kleinbürgerlichen Mietshäuser im V. District von Barcelona.

Für Pepe Carvalho stellt sich die Frage: Unfall, Selbstmord oder Mord?

Eine ziemlich aus der Form geratene Cabaret-Sängerin beauftragt Carvalho, ihre 25jährige Tochter zu suchen. Deren letztes Lebenszeichen kam aus Griechenland, wo sie, von Beruf Schlangenmensch – präziser: Strip-Tänzerin –, ein Gastspiel in aufwendigen Revuen gegeben hatte. Sie wollte mit dem Schiff nach Spanien zurückfahren, weshalb Carvalho nach Malaga, an die Costa del Sol, reist. Unweigerlich macht Carvalho die Bekanntschaft mit der tragikomischen Welt des iberischen Jet-set, die bevölkert ist von charakterlosen Lichtgestalten wie der Prinzessin Gunilla von Bismarck, einem arabischen Ölmulti, einem schwulen russischen Tänzer und anderen.

Auf einer großspurigen Kleinbürgerhochzeit protzt ein patriarchalischer Vater mit seinem wohlgeratenen Sohn. Wie vorgesehen verläßt das Paar das Festmahl, fährt in ein Nobelhotel, und die Hochzeitsnacht beginnt. Doch ein erbarmungsloser Mörder beendet das kurze Glück, und Carvalho wird beauftragt, den Täter zu suchen. Carvalho kollidiert äußerst handgreiflich mit einigen Halbwelt-Gangstern und dringt in die hierarchische Welt des spanischen «Padre Padron» ein, der ungebrochen die Geschicke der Familienmitglieder beherrscht.

In allen drei Kriminalgeschichten wird Pepe Carvalho zum Zeugen im Kampf der Geschlechter, einem Zweikampf zwischen Eltern und ihren Kindern, zwischen Vater und Sohn, Mutter und Tochter.

Der Lyriker, Romancier, Essayist und Journalist **Vázquez Montalbán,** Jahrgang 1939, gehört schon seit langer Zeit zu den profiliertesten spanischen Gegenwartsautoren. In der Reihe rororo thriller liegen vor: Carvalho und der tote Manager (Nr. 2680), Tahiti liegt bei Barcelona (Nr. 2698), Carvalho und der Mord im Zentralkomitee (Nr. 2717), Carvalho und die tätowierte Leiche (Nr. 2732), Die Vögel von Bangkok (Nr. 2772), Die Rose von Alexandria (Nr. 2816), Manche gehen baden (Nr. 2834), Lauras Asche (Nr. 2882), Ich tötete Kennedy (Nr. 2893), Zur Wahrheit durch Mord (Nr. 2930) und Schuß aus dem Hinterhalt (Nr. 2955).

Manuel Vázquez Montalbán

Zweikampf

Drei Carvalho-Stories

Aus dem Spanischen von
Bernhard Straub

rororo
Rowohlt

rororo thriller
Herausgegeben von Bernd Jost

Deutsche Erstausgabe
Veröffentlicht im Rowohlt Taschenbuch Verlag GmbH,
Reinbek bei Hamburg, Juli 1990
Redaktion Peter M. Hetzel
Die Originalausgabe erschien 1987 unter dem Titel «Historias de padres e hijos» bei Editorial Planeta, Barcelona
Umschlagfoto Thomas Henning
Umschlagtypographie Peter Wippermann/Nina Rothfos

Satz Sabon (Linotronic 500)
Gesamtherstellung Clausen & Bosse, Leck
Printed in Germany
780-ISBN 3 499 42909 8

Inhalt

Vorwort

Keiner kann sich dieser Beziehung entziehen. Alle sind wir Kinder von jemandem, auch wenn sich manche weigern, ihrerseits Eltern zu werden. Von daher ist jeder potentielle Leser von dem Inhalt betroffen, der das durchgängige Thema dieser drei Erzählungen bildet. Auf der anderen Seite wimmelt es natürlich in jeder Erzählung, ob kurz oder lang, von Eltern und Kindern oder Kinder und Eltern.

Aber ich bin der Meinung, und daher auch der Gesamttitel des vorliegenden Bandes («Historias de padres e hijos»), daß die hier verarbeiteten Geschichten grundsätzlich auf leicht bis stark abweichenden Merkmalen basieren, die diese Eltern-Kinder-Beziehungen kennzeichnen. In «Ich machte einen Mann aus ihm» versucht der patriarchalische «Padre Padrone» das Schicksal seines Sohnes so sehr zu bestimmen, als sei es eine Verlängerung seines eigenen. Dagegen ist es in «Von den Dächern gesehen» der Sohn, ein Jugendlicher, der seinen kaputten und von Mißerfolgen jeder Art gebeutelten Vater beschützt. Die Mutter-Tochter-Beziehung wird in «Auf der Suche nach Sherezade» auf eine sozusagen komische Art bearbeitet.

Daß diese Eltern-Kinder-Ingredienzien wichtig sind, soll nicht heißen, daß sie die Basis der inneren Einheit bilden, die jedes literarische Unterfangen über seine Ingredienzien und Einzelteile hinaus erreichen muß. «Ich machte einen Mann aus ihm» ist ebenfalls eine bescheidene Reflexion über das Verhältnis zwischen Legalität und Illegalität und zwischen Worten und Taten. «Von den Dächern gesehen» diente seinerzeit als Skizze und literarische Materialsammlung für die Beschreibung des V. Distrikts von Barcelona, die in *Der Pianist* (rororo Nr. 12681) ihre endgültige Form erhielt. Die zentrale Figur dieser Geschichte, Young Serra, ist derselbe Young Serra, der, jung und vielversprechend, im zweiten Teil von *Der Pianist* auftaucht.

«Auf der Suche nach Sherezade» ist eine Unterhaltungsnovelle über die Costa del Sol, geschrieben mit dem Recht, «Images» zu manipulieren, die schon *per se* durch die Informations- und Kulturindustrie manipuliert wurden. Die Allerweltsvorstellung, wie man an der Costa del Sol lebt und wer so lebt, stimmt nicht mit der Realität überein, funktioniert aber wie ein – sogar werbewirksames – Klischee eines vom Tourismus beherrschten menschlichen Szenarios. Der Autor, also ich, hielt sich für berechtigt, von diesen Stereotypen ausgehend zu fabulieren, mit einer gewissen Neigung zur Übertreibung und dem Willen zur Karikatur.

Die Tatsache, daß in «Auf der Suche nach Sherezade» reale Persönlichkeiten des iberischen oder keltiberischen Jet-sets auftreten, heißt nicht, daß sich diese so verhalten, wie sie in der Geschichte dargestellt werden. Der Autor hat nicht das Vergnügen, sie zu kennen, und behält sich daher ein subjektives Urteil vor. Aber er kennt sie als Helden des Papiers oder des Bildschirms, und er manipuliert lediglich das, was schon *per se* bloße, von den Manipulierten tolerierte Manipulation ist.

Von den Dächern gesehen

Von allen selbstgewählten Krankheiten machte ihm die Nostalgie am meisten zu schaffen. Schon als Kind hatte er sich nur schwer von den Dingen trennen können, die ihn in Hostentaschen, unaufgeräumten Schreibtischschubladen und geheimen Winkeln seines mit Gerümpel vollgestopften Zimmers begleitet hatten. Jedes Ding, selbst eine alte Brotkrume, hatte eine Geschichte und konservierte einen Augenblick der Vergangenheit. Irgendwann in seinem Leben mußte er diese Einstellung aufgeben, und er erinnerte sich noch genau, wie er erstaunt vor einem Familienalbum saß, das er von seinen Eltern, vor allem von seiner Mutter, geerbt hatte – ein Brunnen voll gefühlsträchtigen Wissens und Erinnerungen an drei Generationen und ein schmächtiger Stammbaum mit mächtiger Krone. Nach dem Tod seiner Eltern verbrachte Carvalho einen ganzen Abend damit, die Gesichter im Familienalbum zu befragen: «Wer bist du? Was machst du hier? Weshalb gehörst du zu meinen Erinnerungen?» Seine Mutter hatte ihm gewissermaßen die Bürde der Familienerinnerungen hinterlassen, aber Carvalho war sie zu schwer, und er verbrannte das Album zu Hause in seinem Kamin. Mit ihm verbrannten ein für allemal die Traurigkeit und die Gewissensbisse, andernfalls hätte seine Seele sein Leben lang bei jedem unbekannten Foto geblutet, bei jedem sinnlosen Versuch, seine tote Mutter zu fragen: «Wer ist das da? Was macht er hier? Was hat er mit uns zu tun?» Wenn er durch seine eigentliche Heimat ging, den V. Distrikt, weigerte er sich, den weichen Knien der Nostalgie zuliebe, seinen Blick auf Personen oder Dingen verweilen zu lassen, die ihn anzogen. Aber trotz allem lag sie auf der Lauer und sprang ihn an, wenn er am wenigsten damit rechnete – zum Beispiel am Telefon, wie gerade eben. Der Geist des Telefons hatte zwei Rauchsäulen in seinem Zimmer aufsteigen lassen, und als sich der Rauch verflüchtigt hatte, standen sie da, Don Joaquín und Señora Asunción, verlegen und nicht imstande, in Carvalho jenen Jungen wiederzuerkennen, der damals mit mehr Neugier als Interesse ihrem Sohn beim Training auf der Dachterrasse zugeschaut hatte. Sie waren zwei ernsthafte alte Leute mit der verdächtigen Behendigkeit flinker Tiere. Jeder distanzierte Beobachter hätte daraus geschlossen, daß sie es eilig hatten, ihre Ware loszuwerden.

«*La Prensa*!»

«*El Ciero*!»

Diese beiden Barceloneser Abendblätter hatten sie früher in Menge verkauft, stapelweise in Tücher eingeknotet. Sie waren praktisch gleichzeitig gestorben, mit dem Namen einer der beiden Zeitungen auf den Lippen und jener Hartnäckigkeit von Tieren, die einem weit entfernten Ziel zustreben. Vielleicht hatten sie einfach schnell sterben wollen, um Young als vierzigjährigen, alleinerziehenden Vater seinem Schicksal zu überlassen. Er hatte niemanden außer diesem blassen Jungen mit den dunklen Ringen unter den Augen, der ihm wie ein Schatten folgte, wenn er betrunken war, ihm, dem Boxer Young Serra, Fliegengewicht. Die Großeltern hatten weder ihre Furcht oder Angst vor der Zukunft gezeigt, die den Enkel erwartete, noch den autodestruktiven Eifer ihres Sohnes verurteilt. Er hat Pech gehabt, sagte der Alte manchmal, wenn jemand es wagte, ihn auf Youngs Sauftouren anzusprechen, oder gar die Frechheit besaß, sich zu erkundigen, warum seine Frau ihn verlassen habe. «Es ist wie beim Roulette: Wer sich eine Nutte aussucht, hat eben eine Nutte.» Dabei wußte jeder im Viertel, daß Young zum Tier wurde, wenn er betrunken war, und nach seinen schlimmsten Sauftouren seine Frau so oft geschlagen hatte, bis die schöne, bleiche Blondine, die jeden Nachmittag auf der Dachterrasse in der Sonne lag, einen so tiefen Abscheu vor ihm hatte, daß sie ohne ein Wort der Erklärung verschwand und den Sohn ihm und seinen Eltern hinterließ. Zärtlich zu dem Sohn, schuldbewußt gegen seine Eltern, gewalttätig gegen sich selbst, drosch Young mit den Fäusten auf die Wand ein; seine Hände waren mächtige Gehäuse voll gebrochener Knochen. Als die Alten tot waren, war Young spürbar melancholischer geworden, wenn er abends von Haus zu Haus über die Flachdächer und Terrassen sprang, von einer Ecke des Blocks zur anderen, und die zur Straße hin balkonbestückte Steilküste und die engen Schluchten ausspähte, die entweder Parkflächen waren oder ein nie abreißender Verkehrsstrom, der ins Barrio Viejo eindrang. Noch besaß er die Geschicklichkeit seiner Jugend; in den vierziger Jahren hatte er den Goldenen Boxhandschuh im Fliegengewicht gewonnen und war dann im Kampf um den Championtitel von Katalonien gescheitert, einmal, zweimal, dreimal, umsonst. Er setzte die Fäuste gut ein, wie die Kritiker schrieben, aber sein Unterkiefer war wie aus Glas – mit diesen Worten hatte es Néstor Lujín in *El Noticiero* ausgedrückt. Eines Abends trat Young bei seiner Tour über die Flachdächer und Dachterrassen ins Leere und schlug so auf den Fliesen eines Innenhofes auf, daß aus seinem zerschmetterten Schädel ein breiter Strom von Hirn und Blut floß, mißtrauisch beschnuppert von einer alten, erfahrenen Katze, die die Nachbarn «Papet» nannten.

Ein Gespenst aus Kindheit und Jugend, sagte sich Carvalho, als er den Hörer auflegte. Ein früherer Nachbar und Schulkamerad hatte ihm von Young Serras Tod erzählt und die Uhrzeit der Beerdigung mitgeteilt. Ich gehe nicht hin. Oder vielleicht doch? Young Serra …

«Hast du schon mal von Young Serra gehört, Biscuter?»

«Nein, Chef.»

«Ein Fliegengewicht in den vierziger Jahren.»

«Damals war ich noch ganz klein, Chef. Vielleicht war ich noch gar nicht auf der Welt.»

«Er war nicht schlecht. Trainierte immer auf den Flachdächern in meinem Viertel. Ich ging oft hinauf und schaute ihm zu, wie er gegen seinen Schatten oder einen alten Sack mit Erde boxte.»

«War er ein Freund von Ihnen, Chef?»

«Ich weiß nicht. Eher mein Lieblingsprogramm. Seine Eltern verkauften Zeitungen, und er war der Liebling des Viertels, der Junge, von dem die Zeitungen sprachen, Fliegengewicht Young Serra, Anwärter auf den Championtitel von Katalonien.»

«Das ist reichlich wenig Gewicht, Chef!»

«Fast gar nichts, Biscuter.»

Carvalho boxte in die Luft, als wolle er die Erinnerung auslöschen oder die bloße Versuchung zur Nostalgie vertreiben.

«Gespenster.»

Gespenster hin oder her, jedenfalls hatte er den Eindruck, noch einmal Szenen aus der Nachkriegszeit zu erleben, als die Lebensmittelknappheit sie in die Sonne getrieben hatte, wie hungrige Pflanzen auf der Suche nach dem einzigen Lebensmittel, das kostenlos und nicht rationiert war. Die Sonne! In der Abendsonne hatte sich auf den Flachdächern ein Leben parallel zu dem auf der Straße unten abgespielt, frei von den alten Bürgerkriegsängsten oder den neuen Ängsten, die einem das historische Elend des Franquismus aufzwang. Alte auf der Jagd nach Sonnenplasma, Jugendliche ohne oder mit schlechter Arbeit, die Kriegserinnerungen oder ihre persönlichen und geschichtlichen Hoffnungen wiederkäuten. Untermieter ärmlicher Wohnungen in abgewirtschafteten Vierteln voller Besiegter – halb Spanien war damals entwurzelt, in der Schwebe und auf der Suche nach seinem Platz unter der Sonne.

«Was hast du in den vierziger Jahren getrieben, Biscuter?»

«Ich war noch klein und wohnte im *Asilo Durán*. Oder? Vielleicht war das auch später.»

Ich war zu groß, mir konnten sie nicht mehr mit dem *Asilo Durán* drohen. Aber den schlimmsten Jungen im Viertel oder im Mietshaus wurde immer gesagt: «Du kommst ins *Asilo Durán*!» Young wäre ohne seine Eltern fürs Jugendheim oder das Vormundschaftsgericht prädestiniert gewesen. Señor Joaquín und Señora Asunción. Sie ragte keinen halben Meter über den Erdboden und wog kaum vierzig Kilo, hatte aber Kraft für zwei und konnte ihren Sohn mit einer Ohrfeige aus dem Gleichgewicht bringen, was sie auch ohne viele Umschweife tat. Er wollte Champion werden, war aber ein Kind ohne eigenen Willen, und als seine Eltern tot waren, ging es abwärts mit ihm. Ein ums andere Mal versuchte er ein Comeback und kam jedesmal schwerer angeschlagen, noch kaputter zurück. In den letzten Jahren hatte er ihn einmal von weitem gesehen, betrunken. «He, Pepe!» hatte er, in der Tür einer Bar stehend, gerufen. Es war noch gar nicht lange her. Aber Carvalho war weitergegangen, ohne sich umzusehen. Der Boxer hatte seinen Namen gerufen wie besessen, vielleicht außerstande, ihm nachzulaufen, aber Carvalho war unerbittlich gewesen. Es war ihm zuwider, am Straßenrand Opfer aufzusammeln, vor allem, wenn sie ein Teil seines eigenen Lebens waren.

«Ich hab was gegen Beerdigungen, Biscuter!»

«Ich auch, Chef.»

«Die Leute sollten bei Radiomusik im Badezimmer sterben. Und dann alles ruck, zuck! – wer ihnen am nächsten stand, müßte sie in einen Körperbeseitigungsapparat stecken. Aus den Augen, aus dem Sinn. Aber nein, da wird das ganze makabre kirchliche Ritual abgespult, mit Priester, Friedhof, Verwandtschaft und Beileid. Scheiße!»

«Also ich hätte gerne einen Haufen Leute bei meiner Beerdigung, Chef. Und einen Nachruf in der Zeitung! Kostet so was viel?»

«Wenn du vor mir stirbst, setze ich einen Nachruf für dich in die Zeitung, Biscuter.»

«Und was würden Sie schreiben, Chef?»

«Schreiben ist nicht gerade meine Stärke, Biscuter!»

«Los, geben Sie sich ein bißchen Mühe, Chef!»

«Verstorben ist Biscuter ...»

«Ich heiße José Plegamans Betriu.»

Mit andern Worten, Biscuter hieß gar nicht Biscuter.

«Also gut: ‹Verstorben ist José Plegamans Betriu, besser bekannt als *Biscuter*, hervorragender Spezialist kriminalistischer Ermittlungen ... oder nein, besser nur Kriminalist ...›»

«Dann denken alle, ich sei ein Krimineller gewesen.»

«Kriminalist ist einer, der das Verbrechen und die Kriminellen studiert. Ein angsehener Beruf! Also: hervorragender Kriminalist. Nach langer, mit vorbildlicher Schicksalsergebenheit getragener Krankheit ...»

«Wünschen Sie mir bloß keine lange Krankheit an den Hals, Chef, und wenn es trotzdem soweit kommt, von wegen schicksalsergeben! Dem Arzt und den Schwestern kotze ich jeden Bissen vor die Füße ... Aber jetzt weiter, Chef! Das war richtig schön!»

«Nach einer widerlichen, höchst widerwillig getragenen Krankheit tat er den letzten Atemzug, umgeben von Respekt und Zuneigung von fünfzig Prozent der Geschäftsleute aus dem Barrio Chino von Barcelona. Sein Chef, Pepe Carvalho, und seine Freunde Charo und Bromuro laden Sie ein zum Abschied von dieser einzigartigen Persönlichkeit. Während des Begräbnisses wird die Stadtkapelle von Barcelona das Stück *El sitio de Zaragoza* spielen.»

«Lieber einen *Bolero* von Machín! Den einen da, den schönen, aus *Man lebt nur einmal*!»

Biscuter singt ihn vor und hofft, ihn auch höchstpersönlich bei seinem Begräbnis singen zu können.

Die Karmeliterkirche mußte seinerzeit als Verlegenheitslösung gebaut worden sein, um den Platz des früheren Klosters der *Jerónimas* notdürftig auszufüllen, das vom Proletariat Barcelonas in der *Semana Trágica* niedergebrannt worden war. Eine ärmliche Kirche für ein ärmliches Viertel, mit Ziegeln und Kacheln und einigen Versatzstücken in strengem Jugendstil – dessen barocke Variante begann erst vor der Gran Vía aufwärts, im bürgerlichen Teil der Stadt. Aber jetzt strahlte die Kirche jene architektonische Würde aus, wie sie die Zeit Gebäuden zugesteht, die nicht mehr älter werden und sich ihren Platz in der städtischen Landschaft erobert haben. Drinnen schlug Carvalho eine abgestandene Kälte entgegen, wahrscheinlich die, die er am Tag der Beerdigung seiner Mutter dort zurückgelassen hatte. So wenige Leute waren gekommen, um Young das letzte Geleit zu geben, daß die Schritte widerhallten, die herrschende Stille aufschreckten und sie zwangen, unverhältnismäßig lauten Geräuschen Platz zu machen. Hier das Wiedererkennen eines Gesichts von früher, da ein Blickwechsel, der ein Gruß sein konnte, aber vor allem das Ritual – Routine für den Priester und billig für die Vertreter der Begräbnisversicherung.

«Es ist kalt.»

«Werktags sind die Kirchen kälter.»

«Stimmt.»

«Und noch kälter, wenn sie so leer sind wie heute.»

Pedro Porta gab ihm recht, vielleicht nur, damit er still war und seine Stimme den Schluß der Litanei des Priesters nicht übertönte.

«Kaum Leute da.»

Pedro Porta war immer noch derselbe ruhelose und neugierige Junge, der jedes Auge, jedes Ohr, jeden Fuß und jede Hand in eine andere Richtung bewegen konnte.

«Ich habe so vielen wie möglich Bescheid gesagt, aber gekommen sind nur so wenige.»

Die Trauergäste sprachen der Reihe nach dem verweinten Jungen und einem einsamen, verwitterten Alten ihr Beileid aus, der seine Baskenmütze ständig von einer Hand in die andere schob.

«Wer ist der Alte?»

«Ein Bruder von Youngs Vater. Er ist aus seinem Dorf zur Beerdigung gekommen.»

Carvalho konnte den Blick nicht von der tränenreichen Trauer des Jungen losreißen.

«Der Junge ist anscheinend ganz verzweifelt.»

«Er hat seinen Vater sehr geliebt, trotz allem. Eigentlich hat er mehr für ihn gesorgt als umgekehrt, und wenn sich die Nachbarn mit Young anlegten, weil er betrunken war, hat ihn der Junge verteidigt wie eine Wildkatze.»

«Und die Mutter?»

«Niemand weiß was von ihr. Sie hat sich gut versteckt, damit Young sie nicht findet, und jetzt weiß keiner was von ihr.»

«Was wird aus dem Jungen?»

«Die Nachbarn suchen für ihn einen Platz in der Verwandtschaft oder im Heim.»

Carvalho schaute zu Boden und murmelte: «Scheiße. Da sind über dreißig Jahre vergangen, und es gibt immer noch Heime und Kinder, denen man mit dem Heim droht. Reichtum und Armut ändern nur das Aussehen, aber der Abstand dazwischen bleibt gleich.»

«Kommst du mit zum Friedhof?»

«Nein, das wäre übertrieben.»

Porta stieg zu dem Jungen und Youngs Onkel ins Auto des Beerdigungsinstituts. Carvalho blieb zurück, und da er nichts weiter vorhatte, schlenderte er durchs Viertel und suchte nach Anhaltspunkten, um seine Heimat zu rekonstruieren. Viele Geschäfte verkauften immer noch dasselbe, was sie früher verkauft hatten, und die Leute ähnelten denen aus Carvalhos innerem Fotoalbum sehr. Charcuterien, Metzgereien, Gemüsehändler. Die Lebensmittel entsprachen an Größe und Qualität der Kaufkraft eines Viertels von Rentnern und Leuten, die von einer Arbeitslosigkeit in die nächste torkelten. Aber die Ladeninhaber waren nicht dieselben. Sie waren eine Generation jünger oder ganz neu im Viertel, geduldige selbständige Arbeiter, denen das Überleben etwas leichter fiel als ihrer Kundschaft. Andererseits fehlten ganz wichtige Geschäfte aus Carvalhos innerem Stadtplan, z. B. die Stockfischhandlung von Señor Juan oder der Trödelladen in der Calle Carretas. Auch das Geschäft für gekochtes Gemüse in der Calle de la Cera ancha war verschwunden, und das Schild der «Bar Moderno» war ersetzt durch das einer galizischen Spelunke. Kein Zigeunerkarren stand mehr wie früher davor. Sie hatten ihn fünfzig Meter weiter geschleppt, zu einer anderen Bar an der Ecke der Calle San Salvador. Carvalho suchte die Buchbinderei, wohin er seine ersten «guten» Bücher vom alten Flohmarkt in der Calle de San Antonio gebracht hatte: «Spanische Trilogie» von Pío Baroja y Nessi und «Der Wille» von Azorín, aber auch sie gab es nicht mehr. Immerhin brachte er in Erfahrung, daß der Buchbinder noch in den ausgebauten hinteren Ladenräumen wohnte. Er konnte dem Impuls nicht widerstehen, mit den Knöcheln ans Türglas des geschlossenen Geschäfts zu klopfen. Nach einiger Zeit kam ein Alter heraus, in dem er jenen Mann erkannte, der ihm damals die zerfledderten Bücher so behutsam abgenommen hatte wie Vögelchen mit gebrochenen Beinen. Nach dreißig Jahren schien er immer noch dasselbe menschliche Wesen zu sein, aber ausgedörrt, als habe er lebenswichtiges Fleisch, die Muskulatur seines wahren Wesens verloren.

«Entschuldigen Sie! Es war nur so eine Idee. Ich war mal Kunde bei Ihnen. Ich brachte Bücher zum Binden.»

«Ihr Gesicht kommt mir irgendwie bekannt vor. Aber ich hab so viele Bücher gebunden. Früher war ein Buch noch etwas! Man hatte es gern, und es hielt ein paar Generationen. Heute sind die Bücher wie alles andere auch … Benutzen und weg damit!»

«Ich komme gerade von einem Begräbnis. Young Serra, der Sohn von Señora Asunción und Señor Joaquín.»

«Ja, ja, ich weiß. Wer schlecht lebt, nimmt ein schlechtes Ende.»

«Ich wollte Ihnen nur schnell guten Tag sagen.»

«Die Bücher halten immer noch, stimmt's? Ich habe es immer genau genommen.»

«Sie sind noch genau so, wie ich sie bei Ihnen abgeholt habe.»

«Das höre ich von allen Seiten. Ich hab es immer genau genommen; außerdem habe ich Bücher auch gelesen. Das kann nicht jeder Buchbinder von sich behaupten. Aber die besten schon. Auf mich war Verlaß. Also, hoffentlich halten sie Ihr ganzes Leben lang, und ich wünsche Ihnen ein langes Leben!»

Wenn sich Carvalho richtig erinnerte, hatte er noch nie ein von Don Floreal eingebundenes Buch verbrannt. Wohl ein Befehl des Unterbewußtseins, ein unbewußtes Zugeständnis an die Nostalgie, mit der so bald wie möglich Schluß sein mußte.

«Als erstes verbrenne ich die ‹Spanische Trilogie›.»

Warum? fragte er sich in dem selbstauferlegten Zwang, sich stets klarzumachen, warum er einen bestimmten Titel auswählte, um sein Kaminfeuer zu entfachen.

«Erst mal wird es verbrannt. Der Grund wird mir dann schon einfallen.»

Er aß im Restaurant *Can Lluís* an der Ecke Calle Santa Amalia und Calle de la Cera ancha. Er erinnerte sich noch an das Getöse der Schießerei zwischen Gangstern, die das Lokal überfallen hatten, und der Polizei in den vierziger Jahren. Der damalige Wirt war dabei ums Leben gekommen. Er bestellte eine *olleta d'Alcoi* und gebratene Ziegenlammschulter; das Essen war ausgezeichnet, und Carvalho steckte sich zur Feier des Ereignisses eine «Cerdán» an, eine dominikanisch-katalanische Zigarre von einem passionierten katalanischen Hersteller in Santo Domingo. Das Kistchen hatte ihm ein Klient verehrt, zum Dank dafür, daß er seinen Buchhalter als Gauner entlarvt hatte, seinen eigenen Bruder. Manche Leute zeigen sich für jede Barbarei erkenntlich. Als er ging, brachte ihn das Gefälle der Straße ganz von selbst zur Calle de la Botella, seiner Straße, der Straße von Young. Er verweilte ein wenig und spähte nach dem Balkon, wo er früher gewohnt hatte. Bettücher hingen dort, die nicht seine waren, Kleidungsstücke, die nicht seinen Eltern gehörten, Tischdecken, die nicht von seinem Tisch stammten – und alles hatten Hände aufgehängt, die nicht die seiner Mutter waren. Etwas, das dem Schmerz sehr nahekam, ließ ihn die Augen schließen und Youngs Treppenhaus hinaufsteigen bis auf das Flachdach, das zwei oder drei Häuser vereinte – die Szenerie seiner sonnenbeschienenen Kindheits- und Jugendträume, damals, als der Bürgerkrieg gerade vorbei war. Ein Antennenwald war auf den alten Dächern des Viertels gewachsen. Carvalho begrüßte den Ausblick seiner Erinnerung mit einem Lächeln. Hinter ihm tauchte Pedro Porta auf.

«Wenn wir diese Fernsehantennen wegmachen könnten, wäre es genau wie früher. Erschrick nicht! Ich sah dich vorbeigehen und dachte mir sofort, was du vorhattest.»

Er besah sich alles genau, als sei er mit einer Inspektion beauftragt, und öffnete die Türen zu den Wasserbehältern und den verschiedenen Treppenhäusern.

«Fehlen nur noch die Scheißhaufen der Hunde von Señora Asunción!»

«Sie nahm jeden streunenden Hund auf, der ihr über den Weg lief.»

«Und Young fehlt mit seinen Beinübungen oder seinem Sprungseil und diesem dreckigen Sack. Ich weiß nicht, wo er den herhatte.»

«Er stammte aus den Versteigerungen auf der Plaza de las Glorias.»

Carvalho schaute in einen Innenhof hinunter.

«War es hier?»

«Ja.»

Interesse und eine gewisse Unsicherheit lagen in Carvalhos Bewegungen und in der Art, wie er ein ums andere Mal hinunter und nach allen Seiten schaute, als sei er in eine ganz persönliche und nicht übertragbare Kalkulation vertieft. Porta schien es eilig zu haben und bemerkte, wie um den Bann zu brechen: «Er war nicht mehr derselbe, Pepe.»

«Wer?»

«Young.»

«Ich weiß, ich weiß. Ich sah ihn öfter auf Parkbänken auf der Plaza vor dem Frauengefängnis ...»

«Die Plaza heißt heute anders.»

«Was soll's ... Er war sternhagelvoll, fast bewußtlos, blind. Er kam nie über seine Niederlagen hinweg und daß sich seine Hoffnungen nicht erfüllten, seine eigenen nicht und die der andern auch nicht: die seiner Eltern und des ganzen Viertels.»

«Du warst ja weg, aber in letzter Zeit war es eine Katastrophe mit Young. Kurz und gut ... Es war vor drei Tagen.»

Von Portas Lippen floß die Geschichte von Youngs jüngster Vergangenheit, wie er auf dem Gehweg taumelte, angstvoll versuchte, seine Haustür zu erreichen, plötzlich zusammenbrach und stets dieselbe Neugier, dasselbe Mitleid und dieselben Ratschläge erntete. Ein paar Männer hoben ihn dann hoch und trugen ihn hinauf in seine Wohnung, legten ihn ins Bett, und ein paar Nachbarinnen kochten Kräutertee in der Küche. Der Doktor wiegte den Kopf: Leberzirrhose – und zwar galoppierend, fügte Pedro Porta eigenmächtig hinzu. Und der Junge hörte dabei zu mit Augen aus weichem Stein.

«Er gehört in eine Heilanstalt», sagte jemand. «Eines Tages stellt er noch was Schlimmes an.»

«Nein!» schrie der Junge und packte seinen Vater an der Hand, als wolle er ihn ins Leben zurückrufen. Dem Ruf gehorchend, öffnete Young die Augen und blickte überrascht alle Umstehenden der Reihe nach an.

«Junge, was ist denn passiert?»

Lamentierend, schimpfend oder mitleidig verzogen sich die Nachbarn. «Tu's deinem Sohn zuliebe, Young, für deinen Sohn! Geh in eine Klinik! Eine schöne Erziehung ist das für den Jungen, die Mutter sonstwo, und der Vater säuft sich einen Rausch nach dem andern an!» Als Vater und Sohn dann allein waren, kochte der Junge mit der gewichtigen Miene eines Hexenmeisters eine Bouillon, fegte die Küche, säuberte die Toilette und sah ab und zu nach seinem Vater, der zur Decke starrte, als habe etwas zwischen den Balken den Weg der Logik und der Hoffnung für immer gesperrt.

«Wir ließen ihn im Bett zurück», sagte Pedro. «Dann erzählte der Junge, als es ihm bessergegangen sei, habe er wie immer vorgehabt, über die Flachdächer zu spazieren, als sei er noch 15. Ein Verrückter! Von einem Flachdach zum andern springen, eines Tages wird er sich den Hals brechen ...»

Pedro Porta wurde sich bewußt, daß seine Prophezeihung schon eingetreten war, er lächelte traurig und schaute hinunter in den Innenhof, wo sich Young Serra zu Tode gestürzt hatte. Auch Carvalhos Blicke wanderten dorthin. Er trat zwei, drei, vier Schritte zurück, nahm Anlauf und tat, als wolle er ins Leere springen. Porta machte eine instinktive Bewegung, um ihn aufzuhalten. Carvalho winkte beruhigend, hörte aber nicht auf, alles mißtrauisch zu mustern.

«Was hast du jetzt vor?»

Er ist doch nicht mehr so kindlich, denkt Carvalho, die langen Glieder und der schlaue Gesichtsausdruck verraten es.

«Sie suchen jetzt meine Mutter. Wenn sie sie nicht finden, habe ich noch eine Tante, die Schwester meiner Mutter. Aber die hat schon genug eigene Kinder. Sonst ...»

«Was sonst?»

«Ins Heim.»

Trotz und Fucht liegen in der Stimme des Jungen. Dreizehn Jahre und zwei Monate.

«Was wäre dir am liebsten?»

«Egal.»

«Mutter? Tante? Das Heim?»

«Egal.»

«Hierbleiben?»

«Hier? Wo denn?»

«Bei einem Nachbarn, oder hier, zu Hause. Es ist dein Zuhause. Ich glaube, du kommst zurecht. Den Haushalt hast doch sowieso meistens du gemacht.»

«Er hat mehr gearbeitet, als die Leute denken.»

Seine Stimme wird rauh, als er über seinen Vater spricht, und mit verändertem Tonfall fährt er fort: «Aber ich will nicht hierbleiben. Ich will weg.»

Seine Stimme ist die eines Menschen, der Angst hat. Carvalho sieht ihm in die Augen. Der Junge weicht seinem Blick aus.

«Dein Vater hat dich sehr geliebt. Er wußte, daß du auf ihn angewiesen warst. Was hat er gearbeitet?»

«Zuerst verkaufte er weiter Zeitungen wie die Großeltern. Aber das brachte nichts ein, oder er flog raus, ich weiß es nicht. Manchmal war er Parkwächter oder so was. Eigentlich hatte er immer irgendeine Arbeit, und es war ungerecht, daß er als Tagedieb verschrien war, hier im Viertel. Kannten Sie ihn ... früher? Und meine Mutter?»

«Ich war so alt wie du, als dein Vater im Ring berühmt wurde. Ich ging immer hinauf auf die Dachterrasse und sah ihm beim Training zu, und obwohl er nur vier oder fünf Jahre älter war als ich, kam er mir wie ein alter Kämpfer vor, ein großer Boxer.»

«War er gut?»

Das Gesicht des Jungen leuchtet voller Hoffnung; unmöglich, eine andere Antwort zu geben.

«Sehr gut. Er setzte die Fäuste sehr gut ein.»

«Das sagte er auch immer; er hätte die Fäuste sehr gut eingesetzt.»

«Ja, ja, das stimmt.»

«Waren Sie ein guter Freund von ihm?»

«Nein. Er ließ mich zusehen, und manchmal unterhielten wir uns auch. Ich wohne nicht mehr hier. Seit Jahren wohne ich nicht mehr hier. Ich wußte nicht einmal, daß er verheiratet war und einen Sohn hatte.»

Und fast liebevoll, freundschaftlich fügt Carvalho hinzu: «So einen Jungen wie dich!»

«Hier hat sich alles sehr verändert. In diesem Viertel wohnen entweder Leute, die nicht lange bleiben, oder solche, die man bald mit den Füßen voran hinausträgt.»

Porta und Carvalho gingen durch den Park des alten «Hospital de la Santa Cruz» mit seiner gotischen Romantik; Kinder saßen auf den Bänken, Horden von Jugendlichen auf den Treppenstufen, und immer noch herrschte hier eine gewisse meditative Stimmung und sonnige Helle für Genesende.

«Südamerikaner, Araber, Neger aus dem Senegal oder Guinea … Das sind die neuen Mieter. Es gibt auch junge Paare vom Land, die hier billige alte Wohnungen finden, jedenfalls billiger als dort oben. Der Rest sind alte Leute, Generation unserer Eltern in einem Viertel, aus dem sie schon in ihrer Jugend gerne ausgezogen wären. Jetzt haben sie Angst davor, es zu verlassen, als hinge ihr Leben davon ab. So ist es eben. Die Wasserleitungen funktionieren nicht. Sie fallen vor Altersschwäche um und müssen die Treppen auf allen vieren hinaufklettern, und trotzdem wollen sie nirgendwo anders hin, weil sie all das hier kennen. In einem anderen Haus würden sie sich nicht mehr zurechtfinden. Aber wieso in aller Welt grübelst du so viel über diese Sache nach? Was bereitet dir so viel Kopfzerbrechen dabei?»

«Ich verstehe eins nicht. Young war gebrochen, kaputt, verbittert, alles, was du willst … aber er wußte, daß sein Junge auf ihn angewiesen war, daß sein Leben etwas wert war, weil das seines Sohnes davon abhing, und dann ging er hin und brachte sich um. Das paßt nicht zusammen.»

«Warum sagst du, er hätte sich umgebracht? Er kann auch gestürzt sein. Er war kaum aus dem Bett aufgestanden, es ging ihm schlecht, ein Schwindelanfall, und schon lag er unten. Es war so ein verfluchter Tick von ihm, über die Flachdächer zu turnen, als würde er sich da oben so richtig wohl fühlen. Manchmal sah man seinen Schatten über den Dachterrassen … Weißt du noch? Weißt du noch, wie wir damals über die Dächer liefen, mit unseren Drachen?»

«Nein. Nein, er ist nicht gestürzt.»

«Wieso bist du davon so überzeugt?»

«Wegen der Art, *wie* er fiel. Zwischen dem Rand und dem leeren Raum liegt ein ziemlich breites Vordach an der Innenwand, und parallel zum Rand des Vordachs laufen immer wieder Wäscheleinen, die alle unbeschädigt sind, das heißt also, daß er sie beim Fallen nicht gestreift hat. Daraus folgt: Young ist nicht wegen eines Fehltritts oder eines Schwindelanfalls gestürzt. Er wäre auf das Vordach aufgeprallt, und das würde man sehen, denn es ist ziemlich brüchig; auch die Wäscheleinen hätten etwas abgekriegt. Aber nein, er fiel genau in die Mitte des Hofs, als hätte er sich beim Sprung noch abgestoßen, und zwar genau um diese ganzen Hindernisse zu vermeiden. Als hätte er Schwung geholt oder – jemand gab ihm einen Stoß.»

«Was willst du damit sagen?»

Porta war stehengeblieben und hatte Carvalho die Hand auf den Arm gelegt, als wolle er ihn festhalten.

«Ist das so schwer zu erraten? Entweder – oder, entweder es war Selbstmord, oder jemand hat nachgeholfen. An Selbstmord glaube ich nicht, also war es Mord.»

«Wer hätte schon Interesse daran gehabt, Young zu beseitigen? Er war ein armes Schwein und besaß nicht das Schwarze unter dem Fingernagel.»

«Was wissen wir schon über ihn? Kanntest du ihn gut?»

«Nein, eigentlich nicht. Vor ein paar Jahren wollte er zurück in den Ring; ein verzweifelter Versuch. Stell dir vor, mit über Vierzig! Sie wollten eine Show mit alten Boxgrößen aufziehen und damit durch Katalonien ziehen. Wir sprachen auf der Plaza del Padró darüber. Er holte das Trinkwasser immer noch am Brunnen auf dem Platz und sagte, das Leitungswassser sei eine Dreckbrühe. Ich wollte es ihm ausreden, weil ein gemeiner

Schlag für ihn katastrophal sein konnte. Aber bevor er selbst einen Rückzieher machte, wurde er dazu gezwungen, von der ‹Federación Catalana del Boxéo›.»

«Ging er noch zum Training?»

«In letzter Zeit weiß ich nicht. Früher schon.»

«Ist der alte Kid Mestres noch Trainer?»

«Ich weiß, worauf du hinauswillst. Nein, er ist nicht mehr Trainer, aber er geht immer noch in die Halle in der Calle de la Luna und schaut zu. Jeden Abend trifft man ihn dort.»

«Heute auch?»

«Was ist denn in dich gefahren? Willst wohl deinen nostalgischen Rundgang komplett machen?»

«Warum nicht? Wenn man einen guten Tag hat, soll man ihn voll auskosten.»

Das Boxtrainingszentrum schien gerade sieben magere Jahre durchzumachen, obwohl die wenigen jungen Männer, die auf den Punchingball eindroschen, mit dem Springseil hüpften oder im spärlich beleuchteten Ring die Fäuste übten, ihr Training für die Weltmeisterschaft oder jeden anderen Titel, den es gab oder noch geben würde, um so intensiver betrieben. Es war dieselbe Begeisterung, dachte Carvalho, mit der Trinker zehn Jahre lang tranken, bis die Prohibition aufgehoben wurde. Die von früher vertraute Gestalt von Kid Mestres war nur schwer mit jenem Alten mit Baskenmütze und einer halberloschenen Kippe im Mundwinkel in Verbindung bringen, der mit Kennermiene die Kombination der Kämpfenden im Ring verfolgte. Er erkannte Carvalho nicht wieder, brach aber das Gespräch nicht ab. «Nein, sie sind nicht schlecht, aber alles Boxer aus der Retorte. Die Jungs von heute haben keine Gelegenheit zu kämpfen, und das ist die einzige Art, wie man lernt und zeigen kann, was in einem steckt. Auf diesem Sport liegt ein Fluch, und er wird von diesen zimperlichen Politikern genauso ruiniert wie von den blutsaugerischen Veranstaltern. Der Boxkampf wird kaputtgemacht, anstatt daß man ihn fördert. Es sei kannibalisch, sagen sie. Dabei kenne ich keinen einzigen Boxer, der zu Hause nicht ein guter Mensch ist.

Kein einziger mißbraucht seine Kraft außerhalb des Rings. Kann man von diesen schwulen Scheißpolitikern vielleicht dasselbe behaupten? Und seit der Demokratie ist es noch schlimmer.»

«War's unter Franco besser?»

«Man hatte freie Hand, und der Präsident der «Federación Española» war Pacos[1] Leibarzt. Paco selbst riß mich nicht vom Hocker, ich bin mit Gironés und den andern katalanischen Boxern groß geworden, alles Republikaner, aber man ließ uns freie Hand, und die Jungs und die Trainer hatten ihr Auskommen. Wissen Sie, wieviel Rente ich kriege? Eine Menge, sag ich Ihnen, eine Unmenge: 1900 Peseten und 60 Céntimos.»

Er lachte und zeigte seine zahnlose Mundhöhle.

«Die 60 Céntimos sind der größte Witz.»

«Erinnern Sie sich noch an Young Serra?»

«Das Fliegengewicht aus der Calle de la Botella? Na klar! Er war für mich wie ein Sohn, aber ein ganz seltsamer Vogel. Ist Ihnen schon mal aufgefallen, wie seltsam Vögel sein können?»

«Nein.»

«Also, wirklich, es gibt nichts Seltsameres als Vögel.»

Er verlor das Interesse an der Vogelwelt und der kritischen Ornithologie, ließ aber kein Auge von den Jungen im Ring.

«Sehen Sie den Rothaarigen dort?»

«Ja.»

«Der könnte ein gutes Leichtgewicht werden. Achten Sie mal auf seine Rechte und seine Beinarbeit!»

«Stimmt es, daß Young Serra ein Comeback versucht hat?»

«Oft, aber der Rotwein hatte ihn ruiniert, und anderes.»

«Die Weiber.»

«Nein. Nachdem seine Frau abgehauen war, war er wie kastriert.»

«Warum ist sie abgehauen?»

«Um ihre Haut zu retten. Er hat ihr das Leben zur Hölle gemacht, der armen Kleinen. Wenn er besoffen war, ließ er alles an ihr aus.»

«Und jetzt ist sie in Amerika.»

1 Koseform von Francisco, gemeint ist Franco

«Nein, hier in Barcelona. Sie arbeitet in einem Massagesalon.»

«In einem von denen mit Extras?»

«Was weiß ich. Aus dem Alter bin ich raus, wo man zur Massage mit oder ohne Extras geht. He, Tomás! Was meinst du, gehen wir mal in einen von diesen Massagesalons?»

Tomás stand Kid Mestres altersmäßig kaum nach, trug aber noch ein Handtuch über der Schulter und bewegte sich unter den Jungen mit dem Gang des gewissenhaften und durchtrainierten Ausbilders.

«Du bist nicht mehr in Form für solche Reitübungen. Ich würde immer noch meinen Mann stehen!»

«Womit denn?»

Tomás legte sich eine Hand auf den Hosenschlitz.

«Mit dem da? Hast du ihn dir geschient?»

Kid Mestres lachte und suchte Carvalhos Zustimmung.

«Wenn man ihn nicht schient, taugt er in unserem Alter nicht mal mehr zum Pissen.»

«Wissen Sie, in welchem Massagesalon Youngs Frau arbeitet?»

Mißtrauen sprach jetzt aus den Augen des Alten, während sein Mund schwieg und sein Gehirn arbeitete.

«Wieso?»

«Young ist tot. Er fiel zu Hause von der Dachterrasse in den Innenhof.»

«Verdammt!»

«Jemand muß sich um den Jungen kümmern.»

«Verdammt!»

«Ich muß seine Mutter finden.»

«Ja.»

Man hörte beinahe, wie es im Geist des Alten rumorte, während er versuchte, die gebrochenen Knochen einer alten Erinnerung zusammenzusetzen. Alle Fältchen in seinem Gesicht gerieten in Aufruhr und versuchten eine gefühlvolle Grimasse.

«Ich hab's immer gut mit ihm gemeint. Vor ein paar Jährchen machte ich ihm den Vorschlag, mit anderen alten Größen auf Tournee zu gehen und auf Jahrmärkten aufzutreten, um ein paar

Peseten zu verdienen und was zwischen die Zähne zu kriegen. Zuerst sagte er ja, aber dann zog er den Schwanz wieder ein und meinte, er würde sich lächerlich machen, den Clown spielen. Es gibt schon Verrückte! Da verhungern sie lieber, als sich lächerlich zu machen. Sie arbeitet in einem sehr guten Salon namens «El Reposo». Sie finden ihn bei den Anzeigen in *El Periódico*.»

«Kräftig oder sachte?»

Carvalho liegt auf dem Bauch auf einer Liege; über ihn beugt sich eine blonde Frau um die Vierzig mit etwas aufgedunsenem, aber immer noch reizvollem Gesicht.

«Nicht mehr als nötig.»

Die Hände der Frau bewegen sich wie zwei tote und wieder auferstandene Tauben auf Carvalhos Rücken, walken das Fleisch durch, lassen es los, kneten es wie einen Kuchenteig, und es wird zu einem plastischen Material, das die Masseurin nach ihrem Gutdünken formt.

«Wenn ich Ihnen weh tue, sagen Sie es!»

Ihre Hände arbeiten weiter, jetzt entlang der Wirbelsäule. Sie scheinen etwas gefunden zu haben, das ihre Aufmerksamkeit erregt, und sie verweilen auf einem Punkt, bis Carvalho kurz aufstöhnt.

«Tut es hier weh?»

«Ja.»

«Ein Wirbel ist verschoben.»

«Man erfährt doch immer wieder was Neues über sich selbst.»

«Ist es Ihnen noch nie aufgefallen?»

«Nein.»

«Aber ab und zu muß er Ihnen doch weh tun. Beim Gähnen beispielsweise.»

«Stimmt.»

Sie fährt fort, Carvalhos Rücken zu bearbeiten. Dann kommt der Befehl, sich umzudrehen. Schamhaft versucht Carvalho, das Handtuch übergangslos vom Hintern auf sein Geschlecht zu praktizieren, ohne Zwischenzeit und Zwischenraum; hebt den

Kopf und sieht nach, ob es ordentlich liegt; jawohl, so ist es; die Frau scheint den Anfall von Schamhaftigkeit nicht bemerkt zu haben und bearbeitet nun seine Füße. Plötzlich schreit Carvalho auf und strampelt wie wild mit den Beinen. Schreck oder Überraschung malen sich auf ihrem Gesicht.

«Bitte nicht die Fußsohlen! Ich bin fürchterlich kitzelig!»

«Aber ja, ist ja gut. So was von übertrieben! Sie tun ja gerade, als hätte ich Ihnen die Füße ins Feuer gehalten!»

«Meine ganze Sensibilität konzentriert sich in den Fußsohlen.»

Jetzt kann er sie sehen; sie ist konzentriert, mit dieser hexenhaften Konzentration professioneller Masseurinnen. Sie trägt einen weißen Bademantel, darunter wahrscheinlich nur die nötigste Unterwäsche. Ihre Brüste sind groß genug, um im Rhythmus des ganzen Körpers mitzuschwingen, der sich wie eine Massagemaschine bewegt.

«Sie verstehen Ihr Handwerk.»

«Ja.»

«Schon lange dabei?»

«Ich weiß gar nicht mehr, wie lange.»

«Verheiratet?»

Während sie ihm den Magen durchknetet, daß es weh tut, schaut sie ihn herausfordernd an.

«Ich glaube, Sie sind im falschen Massagesalon.»

«Oder vielleicht sind Sie Witwe und wissen noch gar nichts davon. Was sagt Ihnen der Name Young Serra?»

Alles, denn sie hört auf zu arbeiten, tritt von der Liege zurück und preßt die Lippen fest und abweisend aufeinander, wie um alles zurückzuhalten, was sie dem Eindringling entgegenschleudern möchte.

«Wer sind Sie?»

«Bitte, massieren Sie weiter! Wir können uns in Ruhe unterhalten. Worüber sprechen Sie sonst mit Ihren Klienten?»

Ihre Hände sind wieder auf Carvalhos Körper.

«Je nach Jahreszeit. Im Winter über Fußball und im Sommer über das Wetter.»

«Young Serra ist tot. Wußten Sie das?»

Sie schließt die Augen. Nickt.

«Und der Junge ist jetzt allein. Wissen Sie das auch?»

«Ja.»

«Werden Sie sich um ihn kümmern?»

«Nein.»

«Warum?»

«Darum.»

Sie massiert mit verdreifachter Konzentration weiter, als könne sie damit die Gesprächigkeit des Klienten bannen.

«Der Junge wird wohl in einem Heim landen.»

«Wenn man es schafft, der Hölle zu entfliehen, dreht man sich nicht um, um Opfer aufzulesen. Der Junge war das Opfer. Ich hatte die Wahl: entweder ich oder er.»

«Sie haben ihn geopfert.»

«Ihn hatten sie lieb. Mich nicht.»

«Young auch nicht?»

«Young war ein verrücktes Kind, und gefährlich, wenn er trank.»

«Wie denken Sie über seinen Tod?»

«Er ist abgestürzt.»

«Oder er hat sich umgebracht.»

«Nein, das hätte er nie getan. Er hätte den Jungen nie im Stich gelassen.»

«Haben Sie Young wiedergesehen?»

«Nein. Zum letztenmal sah ich ihn auf der Polizeiwache, nachdem er mich wieder mal verprügelt hatte und die Nachbarn zusammengelaufen waren ... Das war's dann.»

«Und den Jungen?»

«Auch nicht. Ich war zehn Jahre in Venezuela. Zu lange. Ich habe hart geschuftet, bis ich das Geschäft hier aufmachen konnte. Der Junge ist für mich ein Fremder.»

Die Massage ist beendet, wie das Händeklatschen der Frau anzeigt, die ihre Fassung wiedergefunden hat.

«Wie haben Sie mich aufgespürt?»

«Kid Mestres hat es mir gesagt.»

«Wenn der einen Zuhörer findet, kann er den Mund nicht halten.»

Carvalho grüßt vage, eine Hand auf dem Handtuch, das er um die Hüften geschlungen hat, die andere in der Luft; es kann Abschied sein, aber auch ein Versuch, die Frau aufzuhalten.

«Der Junge. Wie ist er?»

Vielleicht ist da eine Spur von Interesse, verraten durch die übertriebene Gleichgültigkeit der Stimme. Hat es geregnet? Wird es regnen? Wie ist der Junge? Carvalho sieht den Jungen vor sich, seine großen Augen mit den dunklen Ringen, mitleiderregend mit seiner Stärke eines alten Kindes.

«Ein großartiger Junge. Vor allem deshalb, weil alle versucht haben, aus ihm ein verletztes, bösartiges Tier zu machen.»

An der Tür zur Dusche nimmt er seinem Abgang etwas die Schärfe. «Er ist ein verletztes, aber gutartiges Tier.»

Straßen im Stadtviertel; ein Durchgangsviertel zwischen Rondas und Ramblas; Relikte einheimischer Bevölkerung, schwarze oder afrikanische Arbeiter mit Intellektuellenbart und einheimische oder südamerikanische Intellektuelle in Arbeiterkleidung; Kinder, die vorübergehend leere Plätze zum Spielen nutzen; alte Ehepaare, die langsam auf den Tod zugehen; parkende Autos, die die Gehwege einmauern oder als lange Schlange den kürzesten Weg zu den Ramblas suchen. Carvalho gelangt durch das düstere Treppenhaus einer Mietskaserne auf das Flachdach, das Flachdach seiner Kindheit, geht dort umher, klettert über holperige Ziegel und springt aufs Nachbardach: ein Ausblick auf Dachterrassen, Wäscheleinen, Fernsehantennen, den Montjuïc und den Hafen. Als Herr der Dächer betrachtet er von seinem Standpunkt aus alltägliche Szenen hinter den Fenstern, die zum Innenhof gehen.

Ein träger, öliger junger Mann liegt auf einer Pritsche und übt auf der Flöte eine schwermütige Melodie.

Ein Mädchen kämmt wieder und wieder ihr langes Haar am offenen Fenster, damit es im Abendwind trocknet.

Ein Familienvater ruft zornig nach dem Abendessen.

Eine ungekämmte Alte hält fanatisch die Stellung am Fenster, damit ihr nichts entgeht, was unten im Abgrund geschieht.

Ein Eßtisch, halb gedeckt von einem lustlosen Mädchen.

Geschlossene Fenster, kaputte Scheiben, manche geflickt mit vergilbtem, staubgestärktem Papier.

Weit weg schemenhaft eine blonde Frau, die am Ende eines Flurs einen Büstenhalter anzieht.

Eine dicke Frau mit haßverhärteter Zellulitis schleudert einer andern einen Tausendpesetenschein ins Gesicht.

Weißes Fleisch fetter alter Frauen in schwarzen Unterröcken aus fürchterlichen Stoffen wie Leichentücher.

Wie ein Voyeur sprang Carvalho von Dach zu Dach und wiederholte die Aktion zwei oder drei Tage lang, um Verhaltensänderungen in der unveränderlichen Landschaft ausfindig zu machen.

Der träge, ölige junge Mann auf der Pritsche hat die Flöte beiseite gelegt, liegt auf dem Bauch und weint.

Das Mädchen, das wieder und wieder ihr langes Haar kämmt, beugt sich aus dem Fenster und kämpft mit den Haaren und einer frechen, unordentlichen Brust, die ins Leere hängen.

Der zornige Familienvater schreit, er lasse sich nicht mal von Gott selbst etwas gefallen.

Die ungekämmte, schwärzliche Alte harrt unermüdlich aus und führt Buch über die Lebenden und die Toten.

Das lustlose Mädchen räumt den Tisch mit derselben Lustlosigkeit ab, mit der sie ihn vor Tagen gedeckt hat.

Geschlossene Fenster, kaputte Scheiben, manche geflickt mit vergilbtem, staubgestärktem Papier.

Weit weg schemenhaft eine blonde Frau, die in der Tiefe eines Schrankes wühlt.

«Bastard! Du bist schlimmer als ein Bastard!» schreit die Alte mit der Zellulitis haßerfüllt ihrem Opfer oder Henker ins Gesicht.

Lärm von Waschmaschinen, Nähmaschinen, Schlagern, einer Paso-doble-Platte von Manolo Escobar, «Valencia es la tierra de las flores …»; die letzte Klage der «Pantoja» über ihren toten Ehemann, wobei sie wie selbstverständlich davon ausgeht, daß ein Fluch auf den Witwen liegt. Dreißig Jahre waren vergangen, aber die Gesten und Stimmen waren dieselben geblieben. Neu war nur der unwirkliche Widerschein des Fernsehbildes, aber das «magische Auge» der alten Radioempfänger hatte einen ähnlichen Effekt gehabt und dieselbe hypnotische Faszination auf all diejenigen ausgeübt, die vor der einseitigen, kannibalischen Realität des nächsten Morgens auf der Flucht waren. Sein Blick konzentriert sich auf die Wohnung, in der Carmen gelebt hatte, die Tochter von Señora Concha, damals frisch verheiratet mit einem Fahrer der städtischen Omnibusse. Eine herrliche Frau mit großflächigen Gesichtszügen und sinnenfrohen Formen im Stil und in der Ästhetik der fünfziger oder sechziger Jahre. Diese trägen Honigaugen, mit denen sie Carvalhos Hundeblick überrascht hatte! Diese Kruppe, die in eine Prinzessinnentaille auslief ... Wie oft hatte er ihr nachgeschaut, wenn sie in den Geschäften des Viertels Besorgungen machte! Die Wohnung steht leer. Kaputte Fenster mit fehlenden Scheiben, statt dessen Packpapier, mit gelben Streifen befestigt. Möglicherweise liegen drinnen immer noch die Leichen von Señora Concha, Carmen und diesem dummen, langweiligen Busfahrer, der im Sommer im Unterhemd auf den Balkon heraustrat, um die seltene Kühle der Nachtluft im Innenhof zu genießen, während man hinten im Zimmer Carmen in einem himmelblauen Unterrock hin und her huschen sah. Mehrere leerstehende Wohnungen suggerieren ihm ein Pantheon des Todes, er selbst mittendrin, verstrickt in die Maschen der sexuellen Anziehungskraft einer der rundesten Frauen, die er je gesehen hat.

«Biscuter, ich sehe Bromuro gar nicht mehr.»

«Er ist krank, Chef.»

«Krank? Was hat er denn?»

«Der Arzt sagt, er hätte eine Leber wie ein Hamburger, aber er selbst behauptet steif und fest, es wäre eine Infektion.»

«Eine Infektion?»

«Er sagt, schuld daran wäre einzig und allein der Wirt von *Tonis Bar*, weil er seinen Anisschnaps mit Terpentin versetzt. Jetzt dreht er total durch, der Alte.»

«Wo wohnt er?»

«In einer Pension in der Calle Conde del Asalto. Mehr weiß ich nicht. Ich glaube, in der Nähe der Calle Perecamps. Haben Sie keinen Appetit, Chef?»

«Ich hab nicht mal Lust zu kochen.»

«Geht es Ihnen nicht gut, Chef?»

«Ich bin müde ... und ich weiß nicht weiter. Was hast du denn gekocht, Biscuter?»

«Spaghetti *alla maricona arrabiata*[1], das macht sogar einem Argentinier Laune, wie der Name schon sagt. Ganz einfach, nur viel Öl und Knoblauch. In dieses Öl gibt man gehackte Tomate, aber nur, um sie etwas anzudünsten. Die Spaghetti mischt man mit ein paar Kräutern und erhitzt sie in der vorbereiteten Soße. Parmesan dazu, und fertig.»

«Kann man sie aufwärmen?»

«Aufgewärmt sind sie umwerfend, Chef.»

«Gut, dann stell sie weg, und ich esse sie, wenn ich von Bromuro zurückkomme.»

Die Treppe war vielleicht die morscheste im ganzen Universum, ihre Glühbirnen die blindesten und die Wirtin ganz bestimmt die Tochter eines Zyklopen und eines Ungeheuers, das entfernte Ähnlichkeit mit einer Frau besaß. Sie war rundherum fett, ihr einziges Auge blickte bösartig aus dem Gesicht, und ihre Haut glänzte weiß wie vergammeltes Wachs.

«Er schuldet mir vier Monatsmieten! Er soll machen, daß er in ein Krankenhaus kommt, aber von mir aus kann er auch platzen. Sind Sie ein Verwandter?»

«Ich bin sein Vater.»

«Der Vater? Von wem?»

«Von Bromuro.»

«Hören Sie mal, wenn Sie glauben, Sie können mich hier verarschen ...»

«Nein. Seine Mutter war Witwe, und ich bin ihr zweiter Mann.»

1 Wortspiel mit den italienischen *spaghetti all'arrabiata* (‹Spaghetti auf wütende Art›): mit dem spanischen *maricona* werden daraus ‹Spaghetti auf die Art der wütenden Schwuchtel›.

«Na, dann wird es aber Zeit, daß Sie sich ein wenig um den Jungen kümmern!»

Der fünfundsechzigjährige «Junge» steckte unter schmutzigen, stinkenden Laken und Decken. Nase und Augen richteten sich auf Carvalho, und als sie ihn erkannt hatten, kam auch der Mund unter dem übelriechenden Stoff hervor.

«Pepiño! Was hat die alte Hexe gesagt?»

«Daß du vier Monate im Rückstand bist.»

«Eigentlich müßte sie mir noch etwas bezahlen, daß ich es in dieser Höhle überhaupt aushalte! Für das bißchen Zeit, das mir noch bleibt, mache ich keinen Céntimo mehr locker. Jetzt haben sie mich endlich geschafft. Und ausgerechnet mit Anis, von dem ich es am wenigsten gedacht hätte.»

«Warum hast du es vom Anis am wenigsten gedacht?»

«Na ja, ich dachte, bei dem vielen Alkohol können keine Tierchen und kein Gift drin sein. Seit 1958 habe ich keinen Tropfen Wasser mehr angerührt; damals habe ich herausgefunden, daß sie Bromid hineinkippen, damit wir keinen mehr hochkriegen. Ich esse auch keine Hähnchen mehr, seit ich weiß, mit welchen unmöglichen Schweinereien die fett gemacht werden. Aber der Anis ... Die schrecken vor nichts zurück, Pepiño! Ich sterbe, aber nicht an der Infektion, Pepiño, ich sterbe, weil mich alles ankotzt.»

«Red keinen Quatsch! Was wären denn die Ramblas ohne dich, Bromuro? Der dienstälteste Schuhputzer!»

«Wer trägt denn heute noch Stiefel, Pepe, machen wir uns doch nichts vor! Und wer noch welche trägt, läßt sie nicht mehr putzen. Heute kümmert sich jeder um seine Achselhöhlen, aber keiner mehr um die Schuhe, obwohl gerade die Schuhe jeder sieht, die Achselhöhlen nicht.»

«Ich brauche eine Information von dir.»

«Schau erst mal nach, ob die Luft rein ist!»

Carvalho ging zur Tür und riß sie auf. Der Wirtin war der schnelle Rückzug abgeschnitten; sie stand da und holte Luft, um ihr Recht auf das Belauschen von Gesprächen zu verteidigen, vor allem bei Mietern, die ihr noch Geld schuldeten.

«Wir sind bereit, Ihnen die Hälfte der Schulden zu bezahlen.

Außerdem habe ich hier noch fünfhundert Pesetas. Seien Sie bitte so gut und holen Sie uns zur Feier des Tages eine Flasche eisgekühlten Weißwein!»

Das mißtrauische Wesen wurde schlagartig zur unterwürfig lächelnden Geisha. Sie ging sogar zu Ehren von Bromuros Mäzen rückwärts aus der Tür.

«Gib ihr kein Geld, Pepe! Ich steh sowieso nicht mehr auf; du kannst es genausogut zum Fenster hinauswerfen.»

«Es geht um die Gegend an der Plaza del Padró, genauer gesagt um den Block zwischen Calle del Hospital mit Plaza del Padró, Calle de la Cera estrecha, und, auf der andern Seite, Calle de la Botella. Eine Art Dreieck.»

«Dort wohnen nur Malocher. Die Ganovengegend ist weiter drinnen.»

«Es gibt aber neu Zugezogene. Ausländer.»

«Nur ein paar Neger, Marokkaner und *sudacas*.»

«Was sind *sudacas*?»

«Argentinier, Chilenen, Uruguayer ... exportierte Rote. Mehr oder weniger alles Gauner, aber in dieser Gegend kann ich mich an kein Verbrechen erinnern. Klar, ich bin auch nicht mehr, was ich einmal war, und andere haben hier jetzt das Sagen. Früher war es schon schwer genug rauszukriegen, was die einheimischen Gangster treiben, aber heute braucht man Fremdsprachen, wenn man über die ausländischen Ganoven Bescheid wissen will. Trotzdem, die Gegend ist ruhig, Pepiño. Sag mal, ist das nicht dein eigenes Viertel?»

«Stimmt.»

«Und dann fragst du mich, was dort los ist?»

«Ich hab keinen Kontakt mehr zu den Leuten, und du bist ein wandelndes Archiv für die gesammelte Bosheit in dieser Stadt.»

«Ich bin nicht mehr, was ich einmal war. Ich hab 'ne Leber wie ein Hamburger, sagt der Doktor. Hast du da noch Worte? Wie ein Hamburger! Wenn er wenigstens ‹wie ein Sieb› oder ‹wie eine Feige› gesagt hätte! Er ist zwar gebildet, aber auch schon kolonisiert. Haben wir dafür im Bürgerkrieg gekämpft, Pepiño?»

«Laß mich aus dem Spiel! Ich war nicht dabei.»

«Wenn doch mein General Muñoz aus dem Grab steigen würde!»

«Ich bezahle dir zwei Monatsmieten. Werde gesund, und sobald du was rausbekommen hast, gibst du mir Bescheid!»

«Wenn die alte Dreckschleuder mit dem Wein kommt, krieg ich keinen Tropfen davon; die säuft ihn selber, mit der Entschuldigung, daß er mich kaputtmacht.»

«Das tut er auch.»

«Noch kaputter geht gar nicht.»

Cavalho zuckte die Achseln und ging aus dem Zimmer.

Carvalho besuchte Pedro Porta in seinem Lebensmittelgeschäft. Mit seinem blauen Kittel und dem Bleistift hinterm Ohr sah er genauso aus wie sein Vater oder Großvater. Von den Regalen schaute ein ganzes Jahrhundert von Pfirsichdosen mit Sirup auf sie herab.

«Hier sieht es genauso aus wie früher.»

«Nur daß inzwischen fünfunddreißig Jahre vergangen sind. Das ist alles. Ich bin voll ins Geschäft eingestiegen, als ich die Grundschule fertig hatte. Und du gehst genauso auf die Fünfzig zu wie ich.»

«Bevor das soweit ist, können noch drei Weltkriege ausbrechen!»

«Schöne Alternative.»

Die Kunden begriffen, daß Pedro nicht vorhatte, sie zu bedienen, und gingen zu seiner Frau, die hinter der Theke über Wurst und Käse thronte. Pedro legte Kittel und Bleistift ab und folgte Carvalho hinaus auf die Plaza del Padró. Sie schlenderten um den Brunnen herum.

«Es war Mord, Pedro.»

«Wer hätte diesen armen Hund umbringen sollen? Er war fast schwachsinnig und tat niemand etwas zuleide, außer sich selbst und seinem Jungen. Aber nicht absichtlich.»

«So, wie der Hinterhof gebaut ist, kann er gar nicht einfach abgestürzt sein; und Selbstmord scheidet aus, weil er so an seinem Sohn hing.»

«Was könnte er denn getan haben, daß ihn jemand umbringen wollte?»

«Hast du keine Idee?»

«Ich? Ich habe mit Young freundschaftlich und geschäftlich verkehrt. Er kaufte bei mir im Laden ein oder sein Sohn. Wenn er kam, machte ich immer dieselben Witze. ‹Hör mal, die Leute sagen, Cassius Clay glaubt nicht eher, daß er Weltmeister ist, bevor er dich nicht besiegt hat!› Das war alles. Er lachte oder ballte die Fäuste, gegen mich oder gegen die Büchsen ... Das war mir nicht recht, weil es die Kundinnen erschreckte. Young hat überhaupt immer die Leute beunruhigt, mit seiner eingeschlagenen Nase, seinen traurigen Hundeaugen und seinem ewigen Getorkel.»

«Und er hat dir nie etwas anvertraut, irgendeinen Hinweis, warum er vielleicht umgebracht wurde?»

«Ich finde, du übertreibst. Ich verstehe nicht, wer ein Interesse daran gehabt haben könnte, ihn umzubringen. Es sei denn, seine Frau, damit sie ein für allemal ihre Ruhe hatte. Aber wer weiß, wo die steckt!»

«Hier in Barcelona.»

«Hier?»

Überraschung, Unruhe, vielleicht sogar Rührung lagen in Portas Blick.

«Sieht sie immer noch so aus?»

«Sie ist nicht mehr das, was sie mal war.»

«Sie war eine Schönheit.»

Portas Stimme klang melancholisch, und Carvalhos Blick wurde hellwach, als wittere er eine Enthüllung.

«Du meinst, sie und du ...?»

«Nein, nicht was du denkst. Ich habe vermittelt. Sie lagen sich jeden Tag in den Haaren, und die Eltern riefen mich, weil sie wußten, daß ich ihn psychologisch in den Griff bekam. Sie zerfleischten sich mit Worten und Schlägen, und ich ging mehr als einmal dazwischen.»

«Und dann warst du der Tröster.»

«Sag das nicht in diesem Ton! Du ziehst eine schöne Erinnerung in den Dreck.»

«Du hast sie getröstet.»

«Ja, stimmt.»

«Und seit sie das Viertel verlassen hat, habt ihr euch nicht mehr gesehen?»

«Doch, ein paar Monate lang noch, als sie die Abreise nach Venezuela vorbereitete.»

«Habt ihr euch geschrieben?»

«Anfangs ja. Aber dann wurde es schwierig, und meine Frau fing einen Brief ab. Also hörte ich auf zu schreiben.»

«Wußte Young von euch beiden?»

Porta grinste und machte sich auf den Rückweg zum Laden. «Young bekam überhaupt nichts davon mit, was in der Realität passierte. Er hatte den Kopf voller eingebildeter Kämpfe, die er nie gewonnen hatte. Es ärgert mich, daß du mich gefragt hast, ob ich ihr Tröster war, in diesem Ton!»

«Ich nehm's zurück.»

«Gesagt ist gesagt. Es war wie eine dreckige Bemerkung, wie früher, als wir Kinder waren und nur Schweinereien in den einfachsten Dingen sahen, in den spontansten Mädchen, ich weiß auch nicht.»

«Stell dich nicht so an!»

«Du hast viel von der Welt gesehen, hast den Sprung aus dem Viertel heraus geschafft; ich weiß nicht, wie es dir geht, aber dein Leben muß interessant sein. Ich bin das geworden, was ich werden sollte, als Erbe eines Lebensmittelgeschäfts. Mein Leben spielt sich tagaus, tagein auf zwölf Quadratmetern ab, Jahr für Jahr, und daran ändert sich nichts, immer dasselbe. Die einzige Überraschung in meinem Leben war die Beziehung mit ihr.»

«Sie hat dir vorgeschlagen, nachzukommen.»

«Woher weißt du ...?»

«Du bist der Typ von Mann, dem eine ängstliche Frau den Vorschlag machen kann, über dem großen Teich ein neues Leben zu beginnen.»

Porta schien entweder einen inneren Bereich zu suchen, wo er ungestört war, oder er wollte mit seiner geistigen Abwesenheit deutlich machen, daß er das Gespräch als beendet ansah. Dabei dachte er lediglich darüber nach, was er sagen konnte oder mußte.

«Ich hatte die Fahrkarte schon in dieser Hand hier … Alles war vorbereitet …»

«Und dann?»

«Wurde mir klar, daß ich verheiratet bin und drei Kinder habe. Du wirst das gewöhnlich finden, wo du so weit herumgekommen bist.»

Carvalho schaute hinauf zum Rand der Dächer, vorbei an Kaskaden aufgehängter Wäsche und Geranien, denen der nicht abreißende Verkehrsstrom von den Rondas zu den Ramblas übel mitgespielt hat.

«Ich will dich nicht trösten. Ich habe nicht die Absicht, irgend jemanden zu trösten. Aber auf meinen ganzen Reisen habe ich nicht so viel gesehen wie damals, wenn ich aufs Dach ging und das ganze Privatleben von uns allen vor mir hatte. Das weiteste, was zu sehen war, war der Montjuïc, das Meer oder der Tibidabo. Was willst du mehr?»

«Die Flausen sind mir schon vergangen. Aber ich habe eine fixe Idee. Ich war noch nie in Singapur. Ich erinnere mich noch an einen Film mit Ava Gardner und Fred McMurray, der während des Zweiten Weltkriegs in Singapur spielt. Kennst du ihn?»

«Vielleicht schon. Aber ich war in Singapur; ich glaube sogar, es war dasselbe Hotel wie im Film: das *Raffles.*»

«Und?»

«Du wärst enttäuscht. Das einzige, was noch Flair hat, ist das *Raffles.* Man bekommt dort einen berühmten Cocktail, ‹Singapur Sling›. Aber der Rest der Stadt ist nicht anders als Bellvitge oder Villaverde Alto, dazu noch ein paar Villenviertel, genau wie hier. Überall auf der Welt dieselbe Coca-Cola-Reklame, dieselben Hamburger-Lokale, dieselben Kontrollettis. Sogar die Sonnenuntergänge sind gleich.»

«Aber manche Sonnenuntergänge sind gleicher als andere.»

«Du äffst mich nach!»

«Ich sehe nicht ein, warum du dem armen Mann seine Illusionen rauben und dich aufspielen mußt, bloß weil du als Spitzel oder Killer um die halbe Welt gefahren bist!»

«Ich war nur ein Befehlsempfänger.»

«Ich weiß ganz gut, was du für einer warst!»

Chargo ärgerte sich darüber, daß Carvalho die Kristallkugel zerbrochen hatte, in dem Porta jedesmal, wenn er hineinschaute, seinen Traum erstehen ließ.

«Ich habe es gut gemeint. Ich wollte, daß er sein reales Leben akzeptiert.»

«Du hast einfach Spaß daran, andere Leute zu ärgern. Genau, wie wenn ich Englisch lerne, damit eines Tages etwas aus mir wird, und du dich dann über mich lustig machst und mich fragst, ob ich einen Australier heiraten will. Manchmal bist du wirklich übel, Pepiño! Und genausowenig gefällt es mir, wie du von dem Jungen da redest, der nicht weiß, wo er wohnen kann. Ich finde es traurig, und du machst dich über traurige Sachen lustig, als ob du Angst davor hättest.»

«Das wird es sein. Hör mal, ich bin hergekommen, weil ich dich zum Abendessen einladen wollte, nicht um mir eine Gardinenpredigt anzuhören.»

«Wenn ich nicht wäre, was ich bin, Pepiño, würde ich den Jungen zu mir nehmen.»

«Wenn du nicht wärst, was du bist, würdest du alle Kinder, Katzen, Hunde, Papageien und Vögelchen aufnehmen, die irgendwo auf der Welt ausgesetzt worden sind oder sich verlaufen haben.»

«Die Papageien nicht, die machen mir so ein komisches Gefühl.»

Die Papageien nicht, die machen ihr so ein komisches Gefühl... wiederholte Carvalho fast hundertmal, als wolle er Charo ihre Kritik an ihm heimzahlen, indem er sie lächerlich machte. Charo konnte nicht mit ihm essen gehen, weil sie für den Abend schon eine Verpflichtung eingegangen war. Carvalho hatte sich so an Charos Verpflichtungen gewöhnt, daß er sich nicht einmal vorzustellen brauchte, was dabei ablief. Als er sie kennengelernt hatte, war sie schon dem angeblich ältesten weiblichen Gewerbe nachgegangen, und ihm hatte die Feststellung genügt, daß sie sich einen doppelten Blick aufs Leben bewahrt hatte, um sie so zu akzeptieren, wie sie war. Einen Blick für die Männer, mit denen sie ins Bett ging, einen professionellen Blick, und einen offenen und naiven für alles andere. Charos Gewerbe machte Carvalho immun gegen den Wunsch nach Abhängigkeit; und wenn sie deprimiert war, brauchte er ihr nur den Vorschlag zu machen, ihre Arbeit aufzugeben und ein bürgerliches Leben zu führen. Nach kurzem Schwanken lehnte sie das Angebot jedesmal ab, und Carvalho fragte sie nie, ob aus Angst vor sich selbst oder aus Angst davor, daß der Mann die Haltbarkeit der neuen Erfahrung nicht garantieren konnte. Angst vor sich selbst oder Angst vor ihm. Diese Frage wollte er nicht aufwerfen. Er war sich seiner selbst nicht sicher und wußte nicht, ob er zu einer ehrlichen Antwort fähig war.

«Nein, ich kann nicht mit dir essen gehen. Mein Kleiner hat Geburtstag. Die Schwiegereltern kommen, meine Mutter, mein Bruder und mein Schwager.»

«Hör auf, Pedro! Soviel Familie macht mich ganz krank.»

«Versteh doch!»

«Ich verstehe.»

«Hör mal. Ich hab's mir hin und her überlegt, und ich glaube, man sollte die Polizei rufen. Wenn die Möglichkeit besteht, daß Young ermordet wurde, haben du und ich nichts bei diesem Schlamassel verloren.»

«Die Polizei paßt mir nicht. Manchmal muß ich ihnen notgedrungen erlauben, ihre Nase in einen meiner Fälle zu stecken, aber es ist mir immer lieber, wenn jeder seinen eigenen Angelegenheiten nachgeht. Die Polizei meint, je mehr Bürger im Knast sitzen, desto besser. Mir reicht es, wenn ich den Fall löse, die Bestrafung ist nicht meine Sache.»

«Das ist eine tolle Moral! Du würdest die Kriminellen entlarven, aber frei herumlaufen lassen!»

«Jeder Mast muß sein eigenes Segel tragen. Meine Sache ist es, aufzudecken, was zugedeckt ist. Meine Klienten entscheiden, was dann kommt.»

«Hast du nicht Lust, bei uns zu essen, im Familienkreis?»

Als er nach hundert Ablehnungen Porta glücklich losgeworden war, beschleunigte Carvalho seine Schritte, falls der Ladenbesitzer zurückkommen und seine Einladung noch einmal wiederholen sollte. Ihn schauderte bei dem Gedanken, einen ganzen Abend im Kreis von Opas und Omas, Onkeln und Tanten, Cousins und Cousinen zu vergeuden, die noch dazu herhalten und den Glorienschein der guten Tat tragen mußten, einem Heimatlosen familiäre Gefühle und Sentimentalität zukommen zu lassen. Laden Sie einen Armen an Ihren Tisch! Laden Sie Ihren Heimatlosen zu Ihren Geburtstagen ein! Vor ein paar Jahren hatte Charo ihn zur Geburtstagsfeier eines Neffen mitgeschleppt, dem Sohn einer ihrer Schwestern, die in Montcadi i Reixach wohnte. Der Detektiv hatte die ganzen alten Fregatten ertragen müssen, die ihn als Charos Neueroberung mit fürsorglichen Förmlichkeiten überschüttet hatten. Er war Hahn im Korb und mußte riesige Portionen einer fürchterlichen Torte vertilgen, erinnerte sich jedoch mit schnalzender Zunge an einen hervorragenden andalusischen Stockfischsalat mit Orangen und schwarzen Oliven sowie an einen köstlichen Bohnenschmortopf mit Pfefferminze. Er malte sich aus, was es an diesem Abend bei Familie Porta geben würde: *pan con tomate* mit Landschinken und panierte Tintenfischringe oder Brathähnchen. Lieber wollte er weiterhin ein innerlich Heimatvertriebener bleiben, der über die Dachterrassen floh, manchmal die Realität der Straße vergaß und dort nur auftauchte, wenn er unbedingt gebraucht wurde. Dorthin kehrte er auch jetzt zurück, um die altbekannten Bewohner zu begutachten. Eine gewisse Lustlosigkeit, ein Gefühl, als sei es das letzte Mal, bemächtigte sich Carvalhos, während er an den letzten Teil seines Gesprächs mit Porta dachte.

«Bleibt nur noch ein plausibler Grund zu finden. Er muß irgend etwas gewußt oder gesehen haben.»

Plötzlich der Eindruck, daß sich mitten in der ganzen Normalität etwas verändert hatte. Eins der Fenster der anscheinend leerstehenden Wohnung. Ein winziges Licht, sofort wieder verschwunden, leuchtete durch die Orthopädie der zerbrochenen und mit gelben Papierstreifen geflickten Fensterscheiben. So flüchtig, daß Carvalho in Deckung ging und wartete, daß es wieder auftauchte. Es ließ nicht lange auf sich warten. Hinter den kaputten Scheiben glomm ein schwaches Licht auf und verlosch wieder. Carvalho ahnte, daß er gleich etwas sehen würde, das sonst noch niemand gesehen hatte. Er drehte sich um, so daß er auf dem Rücken auf den Ziegelsteinen lag und starrte in einen purpurnen Himmel, der nach Westen in Rot überging. Nachdem er einige Sekunden lang seine widersprüchlichen Gedanken geordnet hatte, schaute er wieder hinunter zu dem kaputten Fenster. Das Licht war aus, und er wartete umsonst darauf, daß es sich wieder zeigte.

«Ich bin zu nichts verpflichtet. Verstehen Sie das bitte! Ich habe schon genug getan. Die Tante hat kein Interesse, und der Bruder seines Großvaters haust mehr schlecht als recht in einem Dorf in Aragon, wo nur noch vier Häuser bewohnt sind. Wir schicken den Jungen nicht zu ihm; er wäre nur sein Krankenpfleger und lebendig begraben in diesem Dorf. Es tut mir leid, daß ich Ihnen das sagen muß, aber ich hab's schon zu Porta gesagt, es geht einfach nicht, ich kann nicht, mein Mann schimpft schon, und es ist nicht so, daß es ihm nicht leid tut, aber wenn man es richtig bedenkt, dann fängt die Nächstenliebe bei einem selbst an, und ich will mich nicht mit meiner eigenen Familie zerstreiten wegen jemand, der mich nichts angeht, verstehen Sie bitte, er ist mir ja nicht gleichgültig, der Arme, er hat ja genug Unglück gehabt, aber er ist nicht mein Fleisch und Blut. Ich bin nicht verpflichtet ... Sie verstehen mich doch richtig? Es wäre ja noch was anderes, wenn man sagen könnte, er ist Waise. Aber das Engelchen hat ja noch eine Mutter, eine Tante ... Hören Sie, mein Mann war mit vierzehn Jahren schon Waise, ganz allein auf sich gestellt; er wurde Laufbursche und machte seinen Weg. Natürlich gab es damals noch nicht so viele schlechte Menschen.»

Die Nachbarin, die Youngs Sohn bei sich aufgenommen hatte, war nervös. Sie wußte nicht, sollte sie sich jetzt die Hände an der Schürze abtrocknen, die Schürze ausziehen oder etwas sagen, was sie noch nicht gesagt hatte und selbst nicht genau wußte. Carvalho hatte unter dem Vorwand bei ihr geklingelt, er interessiere sich für den Jungen.

«Er ist noch in der Schule, aber er muß gleich kommen.»

«Ein braver Junge.»

«Sehr brav, der Ärmste. Ich würde ihn ja behalten, aber wir haben selbst fünf Mäuler zu stopfen, mein Mann ist arbeitslos seit zwei Monaten, und wenn ich nicht bei der Sparkasse putzen würde, könnten wir sehen, wo wir bleiben.»

«Könnte der Junge nicht allein in der Wohnung bleiben, mit etwas finanzieller Unterstützung von …»

«Das geht nicht. Ein dreizehnjähriger Junge! Nein, das geht nicht. Warten wir ab, was die Tante sagt, oder ob die Mutter auftaucht. Eine Rabenmutter! Wie die mit ihrem Gewissen fertig wird. So ein kleines Wesen einfach sitzenzulassen und sich nie mehr drum zu kümmern! Außerdem wird der Wohnungsbesitzer wollen, daß die Wohnung geräumt wird. Diese Wohnungen sehen aus, als seien sie nichts wert, dabei sind sie ganz schön gesucht. Ein neues Klo, fließend Wasser und eine Dusche, in der Küche ein paar Fliesen, streichen und verkaufen, oder weiterverkaufen – es gibt immer einen, der noch schlimmer dran ist und sie behält. Außerdem, wenn er allein dort bleibt, wovon soll er denn leben? Ich kann ihm ab und zu was zu essen geben, eine andere Nachbarin auch, aber ist das ein Leben?»

«Wieso erklären Sie das mir? Wenn Youngs Junge Sie nichts angeht, geht er mich auch nichts an. Aber Sie könnten mit dem Besitzer sprechen.»

«Der schnüffelt schon hier rum wie ein Geier. Also nicht der Besitzer, der Verwalter. Mit den Eigentümern ist nichts klar, es sind wohl mehrere und untereinander zerstritten, außerdem wohnen einige davon in Argentinien, ich weiß auch nicht, es ist ein dauerndes Hin und Her. Fast die ganzen Häuser hier im Block gehören ihnen. Na ja, Sie müßten das eigentlich wissen. Ich habe gehört, Sie stammen von hier!»

«Ja, aber das ist jahrelang her. Gibt es leerstehende Wohnungen?»

Einige, aber das müssen schon Ruinen sein. Es gibt welche ohne fließend Wasser, immer noch Wasser aus dem Tank und ohne Licht im Treppenhaus.»

«Eine hab ich gesehen, die leersteht. Man sieht sie vom Dach aus. Dort, wo früher Señora Concha und Carmen gewohnt haben.»

«Ja, die geht auf den Innenhof der Catorrita.»

«Die Catorrita?»

«Wir nennen sie so. Es ist eine Nachbarin, die den ganzen Tag singt oder schwatzt.»

«Es gibt also eine leere Wohnung in diesem Haus.»

«Ja, mit Papier in den Fenstern.»

«Die Scheiben sind kaputt und mit Klebestreifen geflickt.»

«Genau.»

«Wem gehört die?»

«Niemand. Na gut, den Eigentümern, aber da wohnt keiner.»

Die Tür zum Treppenhaus war offengeblieben, und Carvalho hatte das Gefühl, daß jemand lauschte. Im Treppenhaus stand der Junge, an die Wand gedrückt, Panik in den Augen. Als Carvalho die Tür vollends aufmachte, blieb ihm kaum noch Zeit, sich zu fassen und schnell an ihm vorbei in die Wohnung zu schlüpfen. Er ging geradewegs zum Eßtisch, steckte die Hand in die Hosentasche und holte einen Haufen Kleingeld heraus.

«Woher hast du das Geld?»

«Ich arbeite.»

«Du arbeitest?›

Die Frau schaute ihn alarmiert an.

«Ich hab angefangen, Autoscheiben zu putzen, an der Ecke in der Calle Urgel.»

«Da, hören Sie?»

Sie brauchte Carvalho als Zeugen für etwas, das sie selbst noch nicht verstanden hatte.

«Haben Sie gehört, was ich gehört habe?»

«Ich glaube schon.»

«Und Sie haben nichts dazu zu sagen? Was kann man auf der Straße schon Gutes lernen? Was kann man Gutes lernen bei diesen Gaunern, die sich fürs Saufen oder noch Schlimmeres ein paar Groschen verdienen?»

«Ich hab es nicht getan, um mir irgendwelchen Scheiß zu kaufen. Ich will mithelfen.»

Carvalho schloß die Tür hinter sich. Die Szene füllte irgendeinen Teil seines Körpers mit Flüssigkeit, vielleicht ein inneres Augenpaar, mit dem er Melodramen betrachtete, die für immer fester Bestandteil der schlechten Erziehung seiner Gefühle waren.

Die undurchdringliche Nacht zeigt nichts als kubische Formen unter trüben Sternen. Carvalho untersucht den Zustand des geflickten Fensters, springt dann aufs benachbarte Flachdach und sucht den Zugang zum Treppenhaus. Er ist verschlossen. Aus seiner Tasche kommt ein magischer Schlüsselbund zum Vorschein, der jede Tür öffnen kann, und Sekunden später beginnt er mit höchster Vorsicht, die Treppe hinabzusteigen. Auf jedem Treppenabsatz gibt es zwei Türen. Eine Wohnung geht zur Straße hinaus, die andere auf den Innenhof. Behutsam geht Carvalho auf eine Tür zu, legt das Ohr an die häufig überstrichenen Risse, verweilt so ein paar Sekunden und öffnet sie dann ebenfalls mit dem Zauberschlüssel. Der schwarze Schlund der leeren, unbewohnten Wohnung gähnt ihn an; ein kleiner Flur, den er mit einer Taschenlampe ausleuchtet; Kritzeleien auf einem lükkenhaften Mosaik; im Hintergrund huscht ein Mäuschen vor dem Lichtstrahl davon. Die verlassene Küche; überall fehlen Kacheln an den Wänden; ein rostiger alter Sparherd; ein Vorhangfetzen aus mumifiziertem Cretonne verdeckt, was vor Jahren die Nische für den Abfalleimer gewesen sein muß. Dann ein Schlafzimmer mit einem kaputten Ehebett ohne Matratze, über dem Kopfende ein Herz Jesu aus Alabaster. Wieder auf dem winzigen Flur, entdeckt er ganz hinten eine Wandnische, wo auf einem Regalbrett ein nagelneuer Campinggaskocher prangt. Auf den übrigen Regalbrettern Dutzende von Dosen mit neuen Etiketten, eine Explosion eingedosten Lebens im Haus der Verlassenheit und des Todes. Gegenüber der geheimnisvollen Nische eine neue oder renovierte Tür. Carvalho öffnet sie und sieht dahinter … eine weitere Tür.

«Eine Doppeltür», sagt er zu sich selbst, als genüge es ihm noch nicht, was er sieht. Er öffnet die zweite Tür und gelangt geduckt in ein verkleinertes Zimmer mit Pritsche, Tischchen, einer starken Glühbirne an der Decke, einem Klo mit Rädern und Reservoir und einem Handwaschbecken. Alles neu, übertrieben neu.

«Von wem? Wozu?»

Carvalho, nachdenklich und zögernd, bemerkt die drei Beinpaare nicht, die sich ihm auf dem kleinen Flur hinter seinem Rücken nähern, zwei weibliche und vier männliche Beine, mucksmäuschenstill, und als er sich umdreht, kann er kaum noch zwinkern, bevor ihn die Stablampe der andern blendet und zu einem ertappten Trottel macht, der mit einem Arm sein Gesicht schützt und mit dem andern die eigene Taschenlampe hochhält.

«Wer sind Sie?»

Die Stimme ist weder unsicher noch liebenswürdig, sie ist einfach Herr der Lage.

«Und wer sind Sie?»

«Sie sind in unsere Wohnung eingedrungen.»

«Ich dachte, hier wohnt niemand, und wollte nachsehen, ob sie noch soweit in Ordnung ist, daß ich sie mieten kann.»

«Sie ist nicht zu vermieten, sie gehört uns. Wir haben sie gepachtet.»

«Könnten Sie Ihr Licht etwas tiefer halten? Wenn wir unsere Gesichter sehen, können wir uns in Ruhe unterhalten und dieses Mißverständnis klären.»

«Hier gibt es nichts zu klären!» widerspricht die Stimme. «Sie befinden sich in unserer Wohnung.»

«Ich dachte, sie sei leer, das ist alles.»

«Wissen Sie, wieviel Uhr es ist?»

«Keine Ahnung.»

«Mitternacht. Die beste Zeit, um sich Mietwohnungen anzusehen.»

Carvalho zuckt die Achseln und stürzt sich unvermittelt auf die Stablampe. Er erreicht, daß sie ihn nicht mehr blendet, und fällt auf einen menschlichen Körper. Aber die andern beiden haben sich bereits auf ihn gestürzt und versuchen blind, ihn zu überwältigen. Er begreift, daß sie jeden Lärm vermeiden wollen, und fängt an zu schreien:

«Ihr Arschlöcher! Mich schafft ihr nicht!»

Die andern verdoppeln ihre Gewalt, und zweimal saust ein Tonnengewicht von Schmerzen auf Carvalhos Schädel herab.

Sie hatten ihn in dem kleinen, umgebauten Zimmer ohne Fenster eingesperrt. Es roch noch nach Gips, die Gegenstände waren auf eine obszöne Art jungfräulich, man sah sozusagen noch die Spuren der Preisschilder, die nicht sauber abgelöst waren. Sein Kopf tat weh. Mit einer Hand betastete er die Beulen und sah nach, ob kein Blut daran klebte. Die Glühbirne strahlte weißes Licht aus, das jeden Gegenstand im Zimmer nach Kadaver aussehen ließ, auch seinen Bewacher, der unaufhörlich hin und her ging. In diesem Licht konnte man ihn glatt für einen Zombie oder eine Gliederpuppe im Scheinwerferlicht einer Jahrmarktsbude halten.

«Wir sollten uns unterhalten. Das hat doch keinen Sinn.»

«Seien Sie still, oder schreien Sie! Durch die Doppeltür hört Sie sowieso keiner.»

«Ich kann Ihnen versichern, daß das alles ein schwerer Fehler ist.»

«Ja, Ihr Fehler, einfach Ihre Nase in Dinge zu stecken, die Sie nichts angehen.»

Er war ein stattlicher Mittvierziger, sportlich gebräunt und mit gepflegter Ausdrucksweise.

«Ich verschwinde, und keine Menschenseele erfährt etwas.»

«Die aus Ihrem Metier stecken immer ihre Nase in fremde Angelegenheiten.»

Carvalho tastete nach seiner Brieftasche. Sie war weg.

«Gut, es bringt nichts, Ihnen etwas vorzumachen. Ich bin Privatdetektiv und mit der Beschattung einer der Nachbarinnen hier beauftragt. Ihr Ehemann meint, sie betrüge ihn.»

«In diesem Viertel gibt es andere Probleme. Ich glaube nicht, daß sich hier irgendein Ehemann darum kümmert, ob seine Frau ihn mit einem Mann oder einer Altarkerze betrügt.»

«Glauben Sie das nicht! Eifersucht kennt keine sozialen Schranken.»

«Um welche Nachbarin handelt es sich?»

«Um eine sehr hübsche Blonde. Neulich sah ich sie vom Dach aus. Ich glaube, sie wohnt hier nebenan.»

Der Bewacher lachte.

«Sie wohnt tatsächlich hier nebenan und wird Ihnen gleich etwas zu essen bringen.»

Carvalho betrachtete mit Argwohn die aufgeräumte Boshaftigkeit seines Wärters.

«Haben Sie die Wohnung nebenan auch gemietet?»

«Jawohl. Wir sind eine große Familie.»

«Gefällt es Ihnen in diesem Viertel?»

«Ja, sehr.»

«Und das hier ist also das Gästezimmer?»

«Genau.»

Die Türen gingen auf, und die beiden andern kamen herein. Ein Mann und diese Frau, die blonde Erscheinung, die sich am Ende des Flurs den Büstenhalter angezogen hatte. Unter der ruhigen Oberfläche brodelte eine unübersehbare Nervosität.

«Ich freue mich, daß Sie gekommen sind. Wie ich schon zu Ihrem Kollegen sagte, es ist alles ein Mißverständnis. Ich bin Privatdetektiv und bearbeite einen typischen Schnüfflerauftrag – Sie wissen schon, Ehebruchsgeschichten.»

«Waren Sie deshalb bei der Beerdigung des schwachsinnigen Boxers?»

«Waren Sie auch da?»

«Es nützt Ihnen nichts, Komödie zu spielen. Sie haben einen Fuß in unsere Tür geklemmt und uns vor ein Problem gestellt.»

«Halsen Sie sich nicht noch mehr Probleme auf, als Sie schon haben!»

«Das ist unsere Sache.»

«Wenn Sie alle auf die Straße werfen, die Sie entdecken, werden bald die Müllmänner streiken.»

«Wir werfen nicht die Leute hinunter, die uns entdecken, sondern diejenigen, die sich in unsere Angelegenheiten einmischen, Leute wie Ihren Freund Young oder Sie selbst.»

«Kam Young hierher?»

«Er war plemplem», unterbrach sie der andere mit angewiderter Miene.

«Er hatte die fixe Idee, sie hier sei seine Frau. Er sah sie eines Tages vom Dach aus und kam hier herein, wie Sie. Er entdeckte das alles hier und war überzeugt, daß seine Frau sich hier seit zehn Jahren versteckt hielt.»

«Und Sie warfen ihn hinunter, damit er Ihre Kreise nicht stört.»

«Man bringt keinen um aus einem so idiotischen Grund.»

«Sie befürchteten, er würde alles erzählen, und dann würde die ganze Geschichte auffliegen.»

«Welche ganze Geschichte?»

«Ich finde es sinnlos, Ihnen dabei zu helfen, sich klar auszudrücken. Das alles hier ist doch für eine Entführung vorbereitet.»

Die drei sahen einander an, ernst, besorgt.

«Ich hab's doch gleich gesagt», bemerkte einer, zu der Frau gewandt. «Young hat es dem Jungen erzählt, und der hat es dem hier weitererzählt. Ich hab euch doch gesagt, wir müssen den Jungen ausschalten.»

«Wird wohl nichts anderes übrigbleiben», sagte der andere, besorgt, aber auch entschlossen.

«Der Junge hat keine Ahnung.»

Sie ignorierten Carvalho und öffneten die Tür, um zu gehen. Carvalho sprang vor und schlug die Frau mit beiden Fäusten in den Nacken, so daß sie mit einem Aufschrei zusammenbrach. Die Männer schwankten, ob sie ihr helfen oder Carvalho angreifen sollten. Der Detektiv landete seinen Ellbogen voll im Gesicht des einen und stürzte sich auf den andern. Das Gewicht der beiden Männer stieß beide Türen weit auf. Carvalho trat auf den unter ihm Liegenden und schnellte sich mit ganzer Kraft vorwärts in Richtung Flur, kam aber nicht vom Fleck und mußte feststellen, daß der Mann am Boden sich an einem seiner Füße festklammerte. Die Frau hatte sich aufgerappelt und lief an Carvalho vorbei aus der Wohnung. Er riß seinen Fuß los und rannte über den Flur zur Wohnungstür, schaffte es auch, sie zu öffnen, aber die andern waren ihm schon auf den Fersen, und auf dem Treppenabsatz sah er die Frau mit gezückter Pistole aus der andern Wohnung treten. Keine Zeit mehr, die Treppe hinabzurennen, und er entschied sich für den Weg nach oben, aufs Dach. Gesichter blutrünstiger, tollwütiger Hunde folgten ihm und ließen auch nicht von ihm ab, als er von Dach zu Dach sprang, ohne Atem zu schöpfen. Plötzlich entdeckte Carvalho auf dem Dach des Hauses, wo Young gewohnt hatte, dessen Sohn. Der Junge stand da, als hätte er sie erwartet, unschlüssig, ob er auf sie zukommen oder wegrennen sollte.

«Schnell, hau ab, du Idiot!»

Aber der Junge zögerte. Sein Auftauchen schien die Verfolger zu beflügeln. Einer versuchte, mit einem Hechtsprung und vorgereckten Händen Carvalhos Füße zu erwischen. Dem war die Bewegung nicht entgangen; er schnellte herum, trat blind zu und traf den Mann voll am Unterkiefer, so daß er zu Boden ging. Aber die Bewegung war zu abrupt, er kam nicht mehr rechtzeitig zum Stehen, und sein Körper fiel über die Brüstung; er sah die Leere unter sich, konnte aber den Schwung des eigenen Körpers nicht mehr aufhalten und landete auf Knien auf dem brüchigen Vordach. Es schien unter seinem Gewicht nachzugeben; von unten der Sog des Innenhofes, wo Young aufgeschlagen war; von oben der überlegene Verfolger, der mit der Pistole auf ihn zielte. Während der Mann genüßlich den Abzug durchzog, schrie er plötzlich auf, verzerrte das Gesicht und stürzte kopfüber ins Leere, nur von seinem Schrei begleitet. An seiner Stelle tauchte der Junge auf, die Hände immer noch zum Stoß vorgereckt, im Gesicht die Entschlossenheit des Rächers.

Auf dem Sofa in der Wohnküche der Nachbarin, bei der Youngs Sohn untergekommen ist, sitzt Pedro Porta und lauscht mit gesenktem Kopf; die Nachbarin selbst wischt sich immer noch die Hände an der Schürze ab, unschlüssig und erschrocken über das, was sie sieht und hört; die Mutter des Jungen versucht, durchs Fenster das zu sehen, was ihr die paralysierten Augen nicht zeigen wollen; ein Polizist in Zivil hört sich den Bericht des Jungen an, und zwei Uniformierte fühlen sich verpflichtet, eine ernste Miene zu zeigen. Carvalho läßt kein Auge von dem Gericht, das in einem Topf vor sich hin kocht.

«Mein Vater erzählte mir, er hätte meine Mutter in einer der Wohnungen dort hinten gesehen, und er wollte mit ihr reden. Dann sagte er, sie sei mit ein paar finsteren Typen zusammen. Einmal nahm er mich dann mit und zeigte sie mir. Dann wurde er umgebracht, und ich hatte Angst, weil ich dachte, sie hätten ihn entdeckt und umgebracht und würden dann kommen und mich auch holen.»

«Hat dir dein Vater nichts davon gesagt, daß es sich um Entführer handelt, die diese Wohnung präpariert haben, um dort ihr Opfer zu verstecken?»

Der Junge versteht die Frage des Polizisten, aber nicht, wieso der Polizist nicht weiß, daß sein Vater nie an etwas anderes gedacht hat, als daß seine Frau dort war, und sich einbildete, sie sei die ganze Zeit dort gewesen.

«Er glaubte, es sei meine Mutter. Sie sei die ganze Zeit dort gewesen und hätte uns beobachtet. Sie wollte in deiner Nähe sein, sagte er zu mir.»

Mißtrauisch schaut er zu der Frau, die nur einen Rücken zu haben scheint.

«Gut. Ich glaube, das ist alles. Mach dir nichts draus, Junge! In einiger Zeit wirst du noch einmal verhört werden und später dann als Zeuge beim Prozeß auftreten. Gib uns noch deine Adresse!»

«Ich hab keine.»

Die Frau starrt immer noch in den Innenhof und dreht sich auch nicht um, als die Nachbarin ihre kulinarischen Aktivitäten unterbricht, um zu sagen: «Nehmen Sie vorläufig unsere!»

Als die Inspektoren sich zum Gehen wenden, zwinkert sie Carvalho zu und zeigt mit ebensoviel Groll wie Vorsicht auf die schweigende Mutter.

«So'n dickes Fell!»

Auch Porta verabschiedet sich und schafft es, die Mutter aus ihrer Außen- oder Innenlandschaft zurückzuholen und ein paar Floskeln mit ihr auszutauschen. Wie geht's dir? Siehst du doch. Du siehst sehr gut aus. Die Jahre vergehen. Und die Familie? Die Familie hat die Schnauze voll von Meringuen und Phrasen, denkt Carvalho, wie alle. Porta hat sich selbst etwas vorgemacht und das Schiff nach Venezuela abfahren lassen; er hat auf das einzige verzichtet, was seinem Leben eine zweite Dimension verliehen hätte. Statt dessen ißt er lieber dreimal im Jahr Meringuentorte, zu jedem Geburtstag seiner Kinder, und hört sich die Witze der Tante an, die jedesmal mit dem Sparbuch des Geburtstagskindes wedelt und ruft: «Wetten, du weißt nicht, wieviel ich dir diesmal eingezahlt habe!»

Porta geht. Aus ihrem Leben, aus dem von Carvalho, aus dem des Jungen. Man merkt es an seinen Beinen und seinem Blick, eines Mannes, der es eilig hat, nach Hause zurückzukehren, um den Weg nicht zu vergessen, den er sich eingeprägt hat. Die Frau hat einen Entschluß gefaßt, nimmt den Jungen am Arm und geht mit ihm in ein anderes Zimmer. Als Carvalho und die Nachbarin allein sind, kann sie nicht mehr an sich halten und explodiert.

«So ein stures Biest! Jedes Tier ist eine bessere Mutter als die! Ich hätte ihn nach so vielen Jahren mit Küssen aufgefressen, und sie steht da rum wie eine Salzsäule und sagt kein Wort, als ob sie überhaupt nichts miteinander zu tun hätten.»

«Jeder ist, wie er ist, Señora!»

«Rosa. Ich werde Rosita genannt.»

«Señora Rosa.»

«Sie haben natürlich recht; wir können zum Beispiel alle denselben Vater und dieselbe Mutter haben und trotzdem ganz verschieden sein. Ich leide immer und erdulde alles, dafür ist meine Schwester genau so ein Nilpferd wie diese Tussi hier. Sie schaut zu, wie ihr Kind aus dem Fenster fällt, und wartet drauf, daß es vom Boden zurückprallt und wieder hochkommt.»

Die Frau hat sich über sich selbst amüsiert und lacht hinter vorgehaltener Hand.

«Was kochen Sie da? Es duftet ja herrlich.»

«Linsen mit Fleischbällchen.»

Sein Gesicht drückt Extase aus. Die Frau hört auf, sich die Hände abzutrocknen, und fragt mit einem kleinen Lachen:

«Das schmeckt Ihnen wohl?»

«Es ist eins meiner Leibgerichte! Als ich Kind war, roch es an bestimmten Tagen in den Hinterhöfen danach.»

«Früher war es üblich, daß man an bestimmten Wochentagen

bestimmte Sachen kochte. Möchten Sie versuchen? Es geht doch nichts über gute Hausmannskost.»

«Ich möchte nicht ...»

«Ich koche immer reichlich, weil man Mann gerne zweimal nimmt.»

«Wenn es Ihnen keine Umstände macht.»

Ihrer selbst und ihrer Rolle im Leben und in diesem Raum sicher, schüttet die Frau des Hauses duftende Linsen aus dem vollen Topf in einen tiefen Teller. Carvalho kostet genüßlich.

«Ausgezeichnet, Señora Rosita!»

«Es geht nichts über den heimischen Herd. Sind Sie verheiratet?»

«Nein.»

«Dann essen Sie im Restaurant.»

«Ja. Na ja, oft.»

«Dann lassen Sie bloß Ihre Leber und Ihren Magen untersuchen! Das Restaurantessen ist eine Schweinerei.»

«Nicht immer.»

Man hört, wie die Wohnungstür geschlossen wird, und beide warten darauf, daß die Tür zur Wohnküche die Entscheidung bekanntgibt. Der Junge kommt herein, geht langsam, gleichgültig zum Küchentisch und wirft einen Haufen Fünftausender aufs Wachstuch.

«Sie hat mir fünfzigtausend gegeben und ist gegangen.»

«Was soll das heißen, sie ist gegangen? Haben Sie das gehört? Sie kommt natürlich wieder und holt dich!»

«Sie sagt, sie fährt zurück nach Venezuela. Sie hat noch mal geheiratet und noch mehr Kinder gekriegt. Wir seien wie zwei Fremde.»

Señora Rosita fehlen die Worte oder der Mund oder die Luft in den Lungen, um auszuspucken, was sie denkt. Carvalho schlingt den letzten Rest der Kostprobe hinunter. Er will weg, so weit weg wie möglich, aber er weiß, er muß irgend etwas sagen, seine offensichtliche Flucht mit Worten abmildern.

«Bist du traurig, daß sie geht?»

«Ich hab sie überhaupt nicht nötig.»

Diesmal braucht die Nachbarin eine ganz energische Behandlung, wie man sieht, denn ihr Mund ist übermenschlich weit aufgerissen und hat weder Worte noch Luft. Carvalho reicht ihr den Teller.

«Señora, Ihre Linsen schmecken so gut, daß ich gerne noch eine halbe Kelle hätte.»

Mit einer automatischen Bewegung tut sie ihm auf und konzentriert sich wieder auf die neue Situation.

«Ich gehe.»

Das war der Junge.

«Wohin gehst du?»

«An meine Ecke. Ich hab mich mit zwei andern aus der Calle San Clemente zusammengetan, und wir arbeiten an der Ecke Urgel und Floridablanca. Die Ampel schaltet dort nicht so schnell um.»

Weder Carvalho noch die Nachbarin machen Anstalten, ihn zurückzuhalten. Carvalho denkt: ‹Scheiße›, aber er sagt:

«Señora, Ihnen gelingen die Linsen noch besser als meiner Großmutter.»

Auf der Suche nach Sherezade

Carvalho kam an diesem Tag ebenso besorgt wie beunruhigt von der *Caja de Ahorros* zurück. Das Guthaben wuchs nicht in dem Maß, wie er es für seine alten Tage geplant hatte. Er brauchte keinen Kalender, um zu wissen, daß sein fünfzigster Geburtstag vor der Tür stand, und noch nie hatte er von einem Privatdetektiv gehört, der sich nach dem sechzigsten Geburtstag jedes Jahr ein Paar neue Schuhe leisten konnte. Schuhe von Privatdetektiven gleichen müden Tieren mit den archäologischen Überresten von halben, auf dem Pflaster der Städte durchgewetzten Sohlen. Wenn er einmal endgültig senil sein würde, wollte Carvalho nicht in ein Alters- oder Seniorenheim, mochte es auch noch so sauber und elegant sein. Lieber wollte er in seinem Haus in Vallvidrera das Ende erwarten und von einer Krankenschwester mit tiefem Ausschnitt gepflegt werden, die mit alten Leuten umgehen konnte, das heißt sie nicht, wie sonst üblich, wie taube Kleinkinder behandelte. Aber seine letzten Fälle hatten ihm nicht allzu viel eingebracht, und seit fünfzehn Tagen hatte niemand mehr an seine Tür geklopft.

«Du mußt eine Annonce in die Zeitung setzen!» empfahl ihm Charo jedesmal in Krisenzeiten.

«Annoncieren ist was für Gauner, Nutten und Naive!» dachte oder sagte Carvalho schließlich auch.

Vielleicht sagte er es auch nur, dachte aber bei sich, es sei wohl an der Zeit, endlich dieses Vorurteil aufzugeben, als er in der

Mietskaserne an den Ramblas zu seiner Bürowohnung hinaufstieg. Die Götter hatten seine Gedanken belauscht, und auf einem Stuhl, der unter ihren Körpermassen ächzte, erwartete ihn eine wasserstoffblonde Dame mit einer Frisur aus der Zeit, als gutbürgerliche Damen noch auf klassenbewußte Frisuren Wert legten. Die Hand eines Experten hatte ihr die Farben des «Ewig Weiblichen» aufgetragen: die Wangenknochen mit Rouge getönt, den Mund mit Lippenstift vergrößert und die Augen in einem Spinnennetz aus falschen Wimpern und Wimperntusche gefangen.

«Meine Tochter ist verschwunden», sagte sie ohne Umschweife. «Pardon! Gesatten Sie, daß ich mich vorstelle! Mein Name ist Josefa Bonaire, in Künstlerkreisen besser bekannt als Mme. Pepita. Aber glauben Sie ja nicht, meine Tochter sei eine Nutte!»

Carvalho zuckte die Achseln. Mme. Pepita war zu dieser frühen Morgenstunde mit ihrer von kosmetischem Kleister triefenden Wamme und ihrem Wortschwall buchstäblich eine Bedrohung. Über ihre linke Schulter lugte ein Füchslein, das zu Lebzeiten allerliebst gewesen sein mußte.

«Sie ist Künstlerin. Schlangentänzerin.»

«Heutzutage verschwinden Töchter und tauchen auch wieder auf. Einer meiner Klienten verlor seine Tochter auf dem Jahrmarkt, beim Karussell, und vier Jahre später war sie wieder da. Sie war inzwischen mit einem Apotheker aus Sevilla verheiratet.»

«Wie alt war die Tochter, als sie verschwand?»

«Sechzehn.»

«Meine Tochter ist fünfundzwanzig, und sie hat sich nicht verlaufen. Sie tanzte in Griechenland bei einer Supershow, im Hilton in Athen. Hier, sehen Sie sich das Foto an!»

Ein schlankes, durchtrainiertes, dunkelhäutiges Wesen im Bikini an einem olympischen Schwimmbecken, im Hintergrund der Parthenon.

«Ich war damals auch in Griechenland, als ich noch mit ihrem Vater zusammen auftrat, dem ‹Großen Marcel›. Dann starb er – Gott hab ihn selig! –, und ich widmete mich an verschiedenen

Orten dem französischen Chanson. Es war Dalidas große Zeit. Also, Dalida war ganz nach meinem Geschmack! *Ventiquattro mila baci* haben wir praktisch zur selben Zeit gesungen, ich und sie. Ich trat auch vor Don Juan de Borbón in Estoril auf. Er fragte mich: ‹Können Sie *Luna de España* singen?› Als ob ich ausgerechnet dieses Lied nicht im Repertoire gehabt hätte! Also sang ich für ihn: *Ay luna, lunera cascabelera* ... Stellen Sie sich vor, wie lange das her ist! Damals ahnte noch keiner, daß der Sohn von Don Juan eine so große Zukunft vor sich hatte und einmal so nobel und bekannt werden würde! Ich kenne die Welt, und meine Tochter tut nichts, ohne mich um Rat zu fragen. Nach diesem Foto in Athen schrieb sie mir, sie würde mit einem französischen Freund eine Kreuzfahrt nach Djerba machen, nach Tunesien. Dort wollte sie in einem Hotel des Club Mediterrané wohnen und dann nach Marbella kommen. Von dort würde sie sich wieder melden und dann den Rest des Urlaubs in einem kleinen Haus in Lloret de Mar verbringen, das mir gehört. Das war's. Seit diesem Brief habe ich nichts mehr von ihr gehört.»

«Wo soll ich beginnen? Die Kreuzfahrt Punkt für Punkt wiederholen? Soll ich auf Djerba anfangen?»

«Was ist Ihrer Meinung nach das beste?»

«Wenn ich nach Marbella fahre, haben wir vielleicht Glück, und Sie kommen billiger weg.»

Kaum war Mme. Pepita gegangen, kam Biscuter hinter dem Vorhang hervor, der Carvalhos Büro von der kleinen Kochnische trennte, hinter der sich Biscuters Schlaf- und Rumpelkammer und die Toilette befanden.

«Die hat vielleicht einen Kropf, Chef! Mit dem Kehlsack vorne dran muß sie ja singen wie eine Lerche. Haben Sie Hunger? Es gibt Goldbarbe *a la mallorquina* mit Gemüse der Saison.»

Carvalho aß an seinem Schreibtisch, studierte nebenbei Fahrpläne und tätigte Anrufe. Nach dem letzten Schluck «Señorío del Bierzo» zündete er sich eine «Cerdán» an. Biscuter war an seiner Schreibtischecke ebenfalls fertig mit dem Essen, nahm mit fachmännisch zusammengekniffenen Äuglein seine «Cerdán» entgegen und war der Komplize von Carvalhos stummen Überlegungen. Erfreut beobachtete der Detektiv, mit welcher Sicherheit der häßliche Zwerg mit dem schütteren Bart die Zigarre ansteckte, wobei eine geheimnisvolle kapilare Nervosität die aschblonden Härchen über seinen Ohren absträubte.

«Was ist ein Schlangenmensch, Biscuter?»

«So ein Kerl mit Flöte, stimmt's, Chef?»

«Nein, das verwechselst du mit einem Schlangenbeschwörer. Ein Schlangenmensch ist ein besonders gelenkiger Artist mit überdehnten Sehnen an Muskeln und Knochen, der unglaubliche Körperhaltungen einnehmen kann: Er kann sich den Fuß in den Nakken setzen und sich mit den Fußsohlen die Wangen streicheln.»

«Wie ekelhaft, Chef! Würden Sie sich nicht auch vor Füßen in Ihrem Gesicht ekeln?»

Mme. Pepitas Tochter war bei Barcelonas Künstleragenten als «La Chicle» bekannt, «Kaugummi», obwohl sie auf Plakaten als «Sherezade» firmierte. Bei einer ihrer Nummern ließ sie eine Kaugummischlange zwischen ihren Lippen hervorkommen und über ihre verschlungenen Körperformen züngeln. Eine Sextänzerin also. «Natürlich tritt sie nackt auf», meinte Señor Prats Pont, ein Agent.

«Auf dem Foto fand ich sie nicht besonders sexy.»

«Auf der Bühne ist sie besser. Sie ist nicht so eine Attraktion wie die großen Stars, aber bei diesen Bewegungen gruseln sich die Leute. Es erregt sie, wenn sie die Schenkel öffnet und es dann so aussieht, als würde sie gleich in der Mitte aufbrechen, verstehen Sie?»

«Ja, ja. Tritt sie allein auf?»

«Anfangs arbeitete sie mit ‹El Musculitos› zusammen. Ein sehr gut gebauter Junge. Wenn sie eine Acht oder eine Sechzehn bildete – das muß man gesehen haben, unglaublich, welche Stellungen möglich sind! –, dann hob er sie mit einem Arm hoch … so … Sehen Sie?»

«Ja.»

«… dann wechselte er sie auf den andern Arm … So … Haben Sie's gesehen?»

Der Agent keuchte, als führe er selbst den Kraftakt von «El Musculitos» durch, und blieb mit hochgerecktem Arm stehen, als wage er nicht, «La Chicle» wieder abzusetzen.

«Lassen Sie das Mädchen wieder runter, und sagen Sie mir: Tritt sie jetzt allein auf?»

«Jawohl. Sie wird entweder allein engagiert oder zusammen mit andern Schlangentänzerinnen, vor allem im Ausland. Mit einheimischen Schlangentänzerinnen.»

«Wie ist sie persönlich?»

«Durch und durch Profi.»

«Ich sagte persönlich. Ihr Privatleben.»

«Sie verkrachte sich mit ‹El Musculitos› und verlobte sich dann in aller Form mit dem Direktor eines Nachhilfeinstituts in Pueblo Nuevo. Aber beide Mänenr wissen nichts von ihr. Ich habe mich im Auftrag von Mme. Pepita bei beiden erkundigt. ‹El Musculitos› tritt als Kraftakt im *Dalton Club* auf und spielt außerdem den Plumpsackwerfer.»

«Den was?»

«Na ja, den, der die Betrunkenen am Kragen packt und mit einem Fußtritt auf die Straße befördert.

Carvalho wartete, bis der *Dalton Club* aufmachte, und ging zu «El Musculitos». Auf einer Projektorleinwand drehte und wand sich eine Blondine, und man war nicht sicher, ob sie mit der Banane in der Hand masturbierte oder nicht; es war so wenig sicher, daß sechs oder sieben Manager inmitten der diensthabenden Animiermädchen und frischrasierten brasilianischen Transvestiten den Atem anhielten. «El Musculitos» fühlte sich in seinem zugeknöpften Hemd nicht wohl und schob dauernd einen Finger zwischen Hals und Kragen, um sich etwas Erleichterung zu verschaffen.

«Ich sagte es schon zu Señor Prats, ich weiß nichts von Sherezade.»

«Das sagte er mir auch. Aber vielleicht können Sie mir irgendein persönliches Detail verraten, das mir weiterhilft. Stellen Sie sich die weite Entfernung zwischen Athen und Marbella vor! Dazwischen liegt fast das ganze Mittelmeer mit seinen tausend Ecken und Winkeln!»

«El Musculitos» lachte.

«Wo es einen guten Schwanz gibt, da ist auch Sherezade.»

«Hatte sie so viel Spaß an der Sache?»

«Uff! Ich hab noch nie ein geileres Mädchen kennengelernt. Wenn die einen Hosenschlitz sieht, hat sie für nichts anderes mehr Augen.»

«Und ihre arme Mutter hat keine Ahnung!»

«Das ist ja wohl was anderes. Die trägt keinen Slip mehr, für den Fall, daß doch noch mal einer was von ihr will.»

«El Musculitos» war ein Hüne wie aus einem Comic mit athletischen Fallschirmspringern und obszön wie einer dieser Vorstadtbengels, die sich den ganzen Tag auf öffentlichen Plätzen ihre männlichen Attribute befingern, als wollten sie nachprüfen, ob die Frucht schon reif ist.

«Sie machen es mir nicht gerade leicht. Stellen Sie sich vor, ich muß den ganzen Mittelmeerraum nach hypertrophen Geschlechtsteilen abklappern!»

«Ich weiß nicht, was ‹hypertroph› heißt.»

Es störte ihn, daß er das Wort ‹hypertroph› nicht verstand!

«Das heißt so etwas wie Übergröße.»

«Ach so, o. k. Suchen Sie ab dieser Größe!» Dabei zeigte er mit den Händen eine in Anbetracht der fraglichen Materie ganz respektable Länge.

«Erfüllt der mit dem Institut diese Anforderungen?»

«Glaub ich nicht. Aber Dorita, also Sherezade, bekam manchmal einen Rappel und wollte unbedingt heiraten, nicht mehr posieren, sondern heiraten, und der Typ sieht wie ein Ehemann aus.»

«Wie sehen die denn aus?»

«Wie Fische. Wie diese Fische, die sich in die Goldfischgläser von Einfamilienhäusern verirren.»

«El Musculitos» besaß Phantasie.

Nicht aber Joan Dotras Puigcerber, Magister der Naturwissenschaften, der Philosophie und der Geisteswissenschaften, wie aus zweien seiner sechs Diplome hervorging, die ihm an der Wand seines Büros im Institut Arnau de Vilanova den Rücken stärkten. Señor Dotras war schon seit geraumer Zeit über vierzig, kahl und dick und hatte schon seit geraumer Zeit seine Fingernägel nicht mehr geschnitten, die hart wie Schildpatt waren.

«Nicht die geringste Ahnung.»

Nur ein Intellektueller konnte mit so viel Pathos feststellen, daß er nicht die geringste Ahnung von etwas hatte. Nicht die geringste Ahnung, wo die Schlangentänzerin stecken konnte und welche privaten oder beruflichen Pläne sie hegte.

«Nicht die geringste Ahnung.»

Aber nachdem er sich genügend von ihr distanziert hatte, ahnte er allmählich doch so einiges.

«Ich habe im Laufe meines Lebens so manche Tür für immer zugeschlagen, und wenn ich eine Tür für immer zuschlage, dann heißt das, daß sie für immer zubleibt.»

«Ich verstehe Ihre Lage.»

«Sie verstehen?»

Hilfloser Sarkasmus lag in seiner Stimme und in der hochgezogenen Braue. Ich verstehe ihn nicht, und er interessiert mich auch nicht, dachte Carvalho, wartete aber darauf, daß der Lehrer seinen Eingeweiden Luft machte.

«Sie werden davon gehört haben, daß wir heiraten wollten, und es ist wahr. Als ich sie kennenlernte, wußte ich nichts von ihrem exotischen Beruf, aber als ich davon erfuhr und ihr zusah, ich weiß nicht, da entstand in mir ein komplexes Gefühl. Kennen Sie den Film *Der blaue Engel* mit Marlene Dietrich? Es war ähnlich wie die Beziehung zwischen Lola und Professor Rath. Ich hatte schon immer eine literarische Ader, und ich will nicht sagen, daß sie ganz unterdrückt war, denn ich habe selbst einiges geschrieben, aber sie litt doch sehr unter dem Druck dieses Instituts, das ich von meinem Vater geerbt habe – das heißt, meine Schwestern und ich. Für mich war der Wechsel von der Tagwelt des Instituts zur Nachtwelt des Klubs, wo Sherezade auftrat, höchst attraktiv. Es ist ja eine psychologische Tatsache, daß normale, verantwortungsbeladene Existenzen ab und zu ein Ventil brauchen.»

«Wenn ich mich recht entsinne, ist Lola im Film eine destruktive Persönlichkeit, die Professor Rath benutzt und in ihre Welt holt. Sherezade dagegen wollte heiraten und Direktorsgattin eines Nachhilfeinstituts werden.»

Er lachte wie Sir Laurence Olivier in einem Film, an den sich Carvalho nur verschwommen erinnerte.

«Ich verstehe, was Sie damit sagen wollen, und bin Ihnen nicht böse deshalb. Ein Nachhilfeinstitut ist ebenso respektabel wie jede andere Bildungseinrichtung. Aber Dora – so hieß sie wirklich – sagte tatsächlich, sie wolle heiraten, und so stellte ich sie meinen Schwestern vor. Diesen Tag werde ich nie vergessen. Am Anfang ging alles gut. Meine Schwestern sind engelhafte Wesen, schon etwas älter, und haben sich wirklich bemüht, der Situation gerecht zu werden, weil sie mich lieben und von meiner Begeisterung für Dora wußten. Eine Stunde nach Beginn des Besuchs war ich schon völlig aufgelöst und bereute, sie überhaupt eingeladen zu haben. Sie können sich nicht vorstellen, wie ...»

«Nicht die geringste Ahnung.»

«Je länger meine Schwestern sprachen, desto verächtlicher wurde ihre Miene, und ihre Antworten wurden immer schneidender, ja verletztender. Meine Schwestern, die Ärmsten, sie sind ja nicht dumm, wurden immer stiller und stiller, und als Dora glaubte, die Oberhand gewonnen zu haben, begann sie Dinge zu sagen, die ich nie zuvor von ihr gehört hatte – Schweinereien, unerhörte Frechheiten; sie hatte eine teuflische Lust daran, zu provozieren.»

«Hatte sie getrunken?»

«Ja; sie betrank sich ab und zu gerne und ‹ließ ihr Haar im Wind flattern›, wie sie es nannte. Ich hatte zu dem Anlaß Champagner besorgt. Er war schön kühl, und Dora trank mehr, als für sie gut war.»

«Wissen Sie noch, welche Marke?»

«Nein. Ist das denn wichtig?»

«Entscheidend.»

«Es war keine besondere Marke. Ich gebe nicht gerne zu viel für Getränke aus.»

«Ein schlechter Champagner kann für eine Frau verhängnisvoll sein. Tat sie etwas so Schlimmes, daß es zum Bruch der Verlobung führte?»

Señor Dotras Puigcerber schloß die Augen, um die Bilder der Ereignisse zu ordnen, und als er sie öffnete, stand darin die ganze Roheit der erlebten Szene.

«Irgendwann fragte sie meine Schwestern, ob sie sie schon einmal auf der Bühne gesehen hätten. Nein. Natürlich hatten sie das nicht. Und bevor ich einschreiten konnte, zog sie Rock und Bluse aus und begann sich – nur mit Büstenhalter und Höschen bekleidet – zu drehen und zu winden. Dann stieg sie auf den mit Gläsern und Flaschen beladenen Tisch und nahm eine ihrer Stellungen ein, eine obszöne Stellung, wobei sie ein Quadrat bildete und ihr Schamhaar dem Betrachter frivol entgegenreckte.»

Dotras' Augen schlossen sich nicht. Sie suchten in Carvalhos Augen das erhoffte Entsetzen, fanden es aber nicht.

«Ich kann mich Ihrer Ansicht leider nicht anschließen. Beim Erzählen bedienen Sie sich kultureller Elemente, die Sie bei der Ausübung Ihres Berufs erworben haben. Sie zitieren Filme oder Schriftsteller. Dora zeigte lediglich, was sie konnte.»

«Das war noch nicht alles. In ihrem entfesselten Redeschwall sagte sie fürchterliche Dinge über ihren Vater und ihre Mutter, aus denen hervorging, daß sie eine traumatische Erziehung von zwei verantwortungslosen Individuen genossen hat, die den Unterschied zwischen Gut und Böse nicht kannten.»

«Ich bin schockiert, Señor Dotras!»

«Zwei Perverse, die, wenn sie Lust hatten, vor den Augen des unschuldigen Kindes Partnertausch betrieben ...»

Carvalho hatte kein Bedürfnis, den Monolog bis zum Ende anzuhören, und erhob sich abrupt, um sich zu verabschieden.

«Wenn Sie sie treffen sollten, bitte kein Wort davon, daß Sie mit mir gesprochen haben! Mir graut vor der bloßen Möglichkeit, daß sie sich gezwungen sehen könnte, sich an mich zu erinnern.»

«Sind Ihre Schwestern über die unangenehme Sache hinweggekommen?»

«Ja, es sind zwei bewundernswert starke Frauen. Aber Sie werden es nicht glauben, manchmal, wenn sie mich ansehen, legt sich ein Schatten von Zweifel oder Trauer über ihre Augen, der mich erschüttert.»

Carvalho zweifelte nicht daran. Die Schwestern dachten: Joan, was bist du für ein Waschlappen!

Er sagte Charo Bescheid, daß er in den Süden fuhr.

«In welchen Süden?»

«In Spanien gibt's nur einen.»

Der Koffer, den er packte, war genauso spartanisch wie sein Leben, aber nicht ohne einen Restaurantführer und den Wunsch, die Gier nach einer gastronomischen *via crucis*, die im *Levante* in Benisan mit einer majestätischen Paella beginnen sollte, beim größten Paellalieferanten Seiner Majestät des Königs von Spanien, gefolgt von einem Abendessen im *Rincón de Pepe* in Murcia. Für die Zeit danach stellte er sich geistig und körperlich auf einen Aufenthalt in der *Hacienda* in Marbella ein, so lange er an der Costa del Sol zu tun haben würde. Die vereinzelten frühmorgendlichen Passanten stießen dampfende Wolken aus. Carvalho blieb einen Augenblick nachdenklich vor den Plakaten des *Panam's* stehen. Sussy d'Oro, Strip komplett. Perita en Dulce und *live sex* aus Kopenhagen. Die Sonne machte mit ihren Strahlen die Ecke vor dem *Cosmos* zu einem warmen Refugium, und dort döste Bromuro, der Schuhputzer, auf seinem Kasten und ließ sich von der Sonne streicheln. Die lückenhafte Geographie seiner Gesichtsfalten geriet in Bewegung, als er aus Carvalhos Mund seinen Namen hörte. Er öffnete sogar die gelben Augen und einen Mund voller Dunkelheiten und Anisdunst.

«Pepiño, erschreck mich nicht so! Her mit den Schuhen!»

«Nichts da. Bromuro, ich brauche eine Information.»

«Ohne Schuheputzen keine Infos. Jeder hat seine Berufsehre.»

Damit bemächtigte er sich der Schuhe von Carvalho.

«Meine tägliche Ration Sonne. Die Sonne bleibt immer die Sonne. Egal, wieviel Dreck die Menschheit produziert, sie kommt immer durch. Alles zwischen dir und mir und der Sonne ist menschlicher Dreck. Luftverschmutzung, Pepiño. Es geht längst nicht mehr um Kommunismus oder Demokratie. Denkste! Die Menschheit kämpft um die Rettung der Erde. Wir brauchen wieder eine Legion, wie in der guten, alten Zeit!»

Bromuro summte die Hymne der Legion: *Soy el novio de la muerte ...*[1] Carvalho wartete geduldig das Ende des ökologischen Vortrags ab. Die mit rußigen Mitessern übersäte Glatze sieht aus wie eine triste, schmutzig-faulige Frucht, aus der wie durch ein Wunder eine Stimme kommt.

«Was sagt dir der Name Madame Pepita?»

«Kaum was, eigentlich nichts.»

«Und der Große Marcel?»

«Jetzt dämmert's mir langsam! Mme. Pepita war so 'ne Witwe, ganz appetitlich. Zuerst trat sie mit dem Großen Marcel zusammen auf. Er stach sie, und sie wackelte dabei mit den Titten, obwohl sie immer behauptete, sie würde französische Chansons singen. *Rigat*, Bolero. Sie war ziemlich bekannt. Kennst du das *Rigat* noch, Pepe?»

«Nicht so richtig.»

«Das war noch Kabarett, nicht diese Discoscheiße, die jetzt Mode ist, damit die Jugend taub wird und den Ruf der sterbenden Natur nicht hören kann!»

«O. k., du weißt, worum es geht. Was war mit den beiden?»

«Nichts Besonderes. Ein anständiges Ehepaar, das seinen Lebensunterhalt mit Arschwackeln verdiente.»

«Und die Tochter? Sherezade, Schlangentänzerin?»

«Das ist was anderes. Aber ich weiß es nicht mehr so genau. Sag denen mal, sie sollen mir einen Anis rüberbringen, der schließt mein Archiv auf.»

Bromuro kippte seinen Anis, als sei es der letzte Tropfen Wasser im Universum.

«So gefällt's mir, Pepiño, verdammt noch mal! Der Anis läßt hier drin die Sonne aufgehen!»

«Dann laß sie mal ein wenig für mich scheinen, Bromuro, und erzähl mir von der Schlangentänzerin Sherezade!»

«Eine von denen, die sogar Massageöl nehmen, um high zu werden. Hast du das schon probiert?»

«Nein.»

1 «Ich bin der Verlobte des Todes ...» Man bedenke dabei, daß der Tod im Spanischen weiblich ist!

«Du hältst die Flasche an die Nase, offen natürlich. Ein Nasenloch hältst du zu, und mit dem andern atmest du tief ein. Dann andersrum.»

«Ist sie registriert?»

«Die kam schon registriert zur Welt.»

Carvalho drückte Bromuro einen Fünftausender in die Hand und stieß in die dunklen Gäßchen vor, die unten am Hafen von den Ramblas abzweigen. Er erreichte ein neues, mehrstöckiges Gebäude, das auf Trümmern im alten Viertel gebaut worden war; es besaß sogar einen Aufzug, der ihn zu einer funktionalistischen, stereotypen Wohnungstür brachte. Der Schlüssel, den er aus der Tasche zog, kratzte in der offenen Narbe des Schlosses und öffnete die Tür mit routinierter Präzision. Im Halbdunkel tastete er sich vorwärts bis zur nächsten Tür und machte sie auf. Im Dunst von Heizung und Nacht zeichnete sich der Körper einer Frau im Bett ab, halb nackt, halb kapriziös verhüllt mit einer Decke, die die ruhenden Kurven eng umschloß. Er betrachtete sie schweigend, kleidete sich aus und schob sie etwas beseite, um sich Platz zu schaffen.

«Bist du immer noch nicht weg, alter Bock!»

«Ich bin's, Pepe.»

«Pepe!» Charo erkannte ihn mit verschlafenem, aber lächelndem Gesicht und einer entsprechenden Umarmung.

«Was willst du, mit mir schlafen oder träumen?»

«Beides, in alphabetischer Reihenfolge.»

Aber Charos wohlgemeinte Bemühungen waren so schlaftrunken, daß sie eine Minute später schon wieder eingenickt war. Carvalho träumte mit offenen Augen von der Reise.

Der Paellakoch winkte ihn in die Küche zu der langen Reihe von Feuerstellen für Paellas mit Huhn, Kaninchen, Schnecken, mit *bajocons*, einer dicken, valencianischen Bohnenart, und einem *sofrito* aus Tomate und grünen Bohnen einer dicken, würzigen, derben Art. Es sah aus wie eine Paellaschmiede, und das Endprodukt war ein festes, fleischiges Gericht, das nach einer Vorspeise mit Salat und Thunfisch in Öl lasterhaft gut schmeckte – zuerst vom Teller, dann pedantisch in kleinen Portionen vom Boden der Pfanne gekratzt, wo das Feuer in der Reiskruste die Quintessenz der verschiedenen Geschmacksrichtungen konzentriert zu haben schien. Nun waren Körper und Seele versöhnt mit der langwierigen Fahrt, vor allem der anstrengenden Verfolgung von Lkws und gemächlichen Bauern auf einem Streckenabschnitt zwischen Alicante und Murcia. Es war ein herrlicher Luxus, im *Rincón de Pepe* speisen zu können, aber Carvalho mußte zunächst den Segura hinauf- und hinunterspazieren, um seinem Magen und dem Restaurant Zeit zu lassen, sich fürs Abendessen zu öffnen.

Er bestellte ein klassisches Gericht, Auberginen mit gratiniertem Scampi und eine Goldbarbe im Salzmantel, und lauschte Raimondos Vortrag über die traditionellen Topfgerichte.

«Der *mújol* ist eindeutig zu fett. Wir machen ihn hier mit Klippfisch.»

«Ich habe schon eine Paella hinter mir, daher möchte ich kein Topfgericht.»

«Weißer Reis und etwas, was man kennt, das nimmt keinen Platz weg.»

Die anstrengende Strecke zwischen Puerto Lumbreras und Granada mit einer Unzahl kleiner Fischerhäfen und arthritischer Lkws ließ es ihm geraten erscheinen, in den Außenbezirken von Granada ein Motel zu nehmen, das allein für den Nachtportier gebaut zu sein schien.

«Ziemlich einsam hier.»

«Wenn der Sommer kommt, wird das anders. An der Bar bekommt man keinen Platz mehr. Alles Leute auf der Durchreise.»

Die Aussicht auf den großzügigen Innengarten des Motels mit seinen leeren Zellen langweilte Carvalho. Er vertraute sich der diffizilen Semiotik der Hinweisschilder an, die ihn zur Kellerbar führten, einem großen Raum mit roten Schatten, als hätten die Dunkelheit und die Anwesenden eine Ladung leuchtendes Blut abbekommen. Vertreter über Vertreter, große, kleine, mittlere, aber fast alles Katalanen. Nur in einer Ecke sangen leise zwei Andalusier, sich gegenseitig dabei unterstützend, von ihrem Leid zu erzählen und das Gleichgewicht nicht zu verlieren angesichts ihres mit leeren Gläsern übervollen Tisches. Vier oder fünf dunkelhäutige Frauen, die geradewegs aus dem Harem Abderramans III. zu kommen schienen, wo sie sich zwanzig Jahre lang im Kampf für die Abschaffung der Kerkerschaft verdient gemacht hatten. Ein Barkeeper, dessen Blässe sich als weißer Fleck gegen die Orgie in Rot durchsetzte. Carvalho setzte sich neben den singenden Andalusiern an die Bar, trank und spitzte die Ohren, während er darauf wartete, daß Kopf und Bauch Bettreife signalisierten.

«Weißt du, was ich dir sage, Paco? Wo ein Andalusier auftaucht, räumen die andern das Feld. Du brauchst dir bloß die Kandidatenliste anzusehen. Rot wie 'ne Tomate! Felipe González …»

«Andalusier.»

«Guerra.»

«Andalusier.»

«Paquirri.»

«Andalusier.»

«Die Pantoja.»

«Andalusierin.»

«Christoph Columbus.»

«Andalusier.»

«Der Erfinder von *pescado frito*[1].»

«Andalusier.»

«Der Erfinder von Stockfisch.»

«Andalusier.»

«Der Erfinder von *manzanilla*[2].»

«Andalusier.»

«Die Heilige Jungfrau von Triana.»

«Andalusierin.»

«Und die *Virgen del Rocío*», ergänzte Carvalho und verdiente sich damit die Aufmerksamkeit und den Beifall der beiden sowie die Einladung zu einem Whisky.

«Dieser Whisky ist so miserabel, daß er aus Katalonien sein

1 kleine gebratene Fische
2 herber Sherry aus Sanlúcar/Andalusien

muß», sagte einer der beiden mit lauter Stimme, so daß es die katalanischen Vertreter hören mußten, die sich mit den Exkonkubinen des Kalifen beschäftigten. Die beiden waren aus Sevilla und im Auftrag der *Junta de Andalucía* in politischer Mission unterwegs nach Almería.

«Die in Almería wollen nämlich nicht darauf hören, was Sevilla sagt, und wir sorgen dafür, daß sie hören, was, Paco?»

«Denen werden die Ohren klingen!»

«Entweder sie machen endlich den Sprung in die Neuzeit, oder sie stehen in der Unterhose da.»

Der Redegewandtere war früher konkreter Dichter gewesen, heute war er Vizesekretär des Sekretärs eines amtierenden Abgeordneten oder Sekretär eines Vizesekretärs eines amtierenden Abgeordneten, und der andere begleitete ihn als Dolmetscher.

«Aber in Almería wird doch Spanisch oder Andalusisch gesprochen?»

«Die sind total borniert. Ich drücke mich gerne konzeptuell aus, und er übersetzt. Ich sage: Wenn ihr euch nicht der Umstrukturierung anschließt, die eine Agrarreform in Verbindung mit den Ideen der Neuzeit impliziert und zu technologischen Spitzenleistungen führt, verliert ihr den Anschluß an die dritte industrielle Revolution aufgrund von ideologischen Skrupeln, die zum wertlosen Erbe aus der Zeit zwischen den Kriegen gehört. Und er übersetzt dann.»

«Wie übersetzen Sie das?»

«Ich sage denen: Wenn ihr nicht auf die Chefs hört, werdet ihr politisch arbeitslos, und das ist eine der schlimmsten Sorten von Arbeitslosigkeit, die es gibt. Das verstehen sie sofort.»

«Bravo, Paco, bravo!»

Auf dem Büro der Marinekommandantur in Malaga zeigte man sich entgegenkommend gegenüber dem guten Freund der Familie, der diese lange Reise gemacht hatte, um ein Mädchen zu finden, von der man nicht wußte, wo sie war, ja, die vielleicht selbst nicht wußte, wohin man sie gebracht hatte. Es gab Unterlagen über die Schiffe, die im letzten Monat Malaga, Marbella und

Puerto Banús angelaufen hatten. Wenn das Mädchen aus Marbella geschrieben hätte, hätte ihr Schiff wahrscheinlich in Puerto Banús angelegt.

«Tatsächlich sind zwei Yachten von Tunesien gekommen, die ‹Vignoble› unter französischer und die ‹Fucsia› unter italienischer Flagge; ihr Kapitän ist allerdings Österreicher, David Sumbulowitsch. Die ‹Vignoble› kommt wohl nicht in Frage. Sie hatte eine französische Familie an Bord, die durchs Mittelmeer kreuzte. Von der ‹Fucsia› ist lediglich der Name des Kapitäns vermerkt und daß sich zwei Gäste an Bord befanden.»

In einer Kneipe, wo es nur Malaga gab, trank Carvalho zwei Gläser dieses Weines, trotz der miesen Laune, die der Inhaber an den Tag legte, als hätte er die Nase voll davon, daß ihm ständig die Fässer leergetrunken wurden.

«Einen Wein aus Malaga.»

«Aus La Coruña wird er schon nicht sein.»

Carvalho hätte sich gerne mit einem Fußtritt für die schlechte Laune bedankt, beherrschte sich aber, um sich die Reise nicht zu verderben. Von der Terrasse über dem Mittelmeer aus schweifte sein Blick hinüber zu den verführerischen weißen Dörfern im Landesinnern, Benalmádena, Mijas, Coín und Ojén. Er hatte sie auf einer spirituellen Pilgerfahrt durch Andalusien kennengelernt, auf der Suche nach dem *duende*[1], der so viele berühmte Reisende behext hatte.

Den *duende* hatte er nicht gefunden, wohl aber ausgezeichnete Bergschinken in den Alpujarras, in Ronda und Montejaque, sowie Weine für vor und nach dem Essen, die absolut zu einer Epoche gehörten, als Menschheit und Geographie noch in gutem Verhältnis zur Vorsehung standen. Als er Marbella erreichte, hatte er zehn Gläser leichten Sherry getrunken und eine ganze Schiffsladung *pescadito frito* im Bauch, die er hier und dort unterwegs vernascht hatte. Er fuhr direkt zum Hafen und suchte in zwei Büchern nach der eventuellen Ankunft der Yacht ‹Fucsia› unter italienischer Flagge, Eigentümer David Sumbulowitsch.

1 «Dämon», bekannt durch Garcia Lorcas Essay *Theorie und Spiel des Dämon*

«Wenn sie hier nicht ankam, welchen andern Hafen könnte sie dann angelaufen haben?»

«Derartige Schiffe fahren nicht nach Cabopino, das ist ein Privathafen der Villensiedlung. Allenfalls Puerto Banús.»

In Puerto Banús war die Ankunft der ‹Fucsia› am 4. Oktober registriert; Abfahrt am 8. Oktober.

«Wer befand sich an Bord?»

«Registriert sind der Kapitän David Sumbulowitsch, der französische Staatsbürger Henri Grazier und Juan Lasplazas als Gast.»

«Kein Mädchen?»

«Nein.»

«Kam die Yacht hierher zurück?»

«Nur, um Lasplazas abzusetzen. Sie hatten anscheinend eine Tour nach Gibraltar gemacht. Weil die Grenze von Spanien aus geschlossen ist, kann man es nur vom Meer aus erreichen. Eine Menge Leute fahren hin, um einzukaufen. Das muß auch Lasplazas getan haben.»

«Ist er aus der Gegend hier?»

«Er stammt aus einer sehr bekannten Familie aus Algeciras. Aber er lebt das ganze Jahr über in Nueva Andalucía und arbeitet als Wachmann im Casino, na ja, was heißt Wachmann, er wirft die Leute raus, die Stunk machen.»

Von einem Rausschmeißer zum andern.

Im Casino stank es nach ausgekotztem Geld, und zwei Putzfrauen tanzten einen seltsamen, gemessenen Tanz auf zwei Scheuerlappen, mit denen sie den gewachsten Boden polierten. Sie waren so vertieft in die Arbeit, den doppelten Boden der Welt auf Hochglanz zu bringen, daß sie den Geschäftsführer nicht beachteten, der Carvalho seine Aufmerksamkeit widmete, während er gleichzeitig fünftausend andere Dinge erledigte.

«Passen Sie auf Ihr Herz auf! Dieser Weg führt direkt zum Infarkt.»

«Wie bitte?»

«Sie tun zu viele Dinge auf einmal, das ist nicht gut.»

«Also mir ist das Privatleben von Lasplazas völlig schnuppe.»

«Das ist ein Wort.»

«Hier tut er seine Pflicht, und draußen macht er seine krummen Geschäfte, wie alle an diesem Küstenstrich hier. Wenn er Frauen ausbeutet, ist das seine Sache.»

«Ich habe nicht gesagt, daß er das tut.»

«Dann sag *ich's* eben.»

«Bei welcher Gewerkschaft finde ich die Frauen?»

«Fangen Sie bei Remedios an, die ist am längsten dabei. Sie müßte alle Schützlinge auf der Liste haben.»

«Sie halten nicht allzuviel von Señor Lasplazas.»

Der kleine Mann sah aus wie ein Seminarist aus Zamora, den eine schlechte Frau aus der Bahn geworfen hatte, dachte Carvalho, sagte es aber nicht.

«Den Teufel treibt man mit dem Beelzebub aus. Wir brauchen hier solche Leute, um uns vor ihresgleichen zu schützen.»

Eine ganze Philosophie. Als er das Casino verließ, sprang ihn der Anblick der Villensiedlungen an, die das Meer zumauerten, mit dem entschiedenen Willen, jegliche Überbleibsel von Landschaft aufzufressen. Er beschloß, zum direkten Angriff auf Señor Lasplazas und seine Prophetin Remedios überzugehen. Sie mußte sehr populär sein, denn die erste Frau, bei der er sich nach ihr erkundigte, zeigte ihm sofort das Apartment, wo sie wohnte. Carvalho fand die Tür angelehnt und traf auf eine nackte Frau, die vor dem trüben Spiegel einer Frisierkommode saß und gemächlich ihr langes, schwarzes Haar bürstete. Sie wandte sich ihm zu, und alle Vorsprünge ihres Körpers sahen violett aus, die Brustwarzen, die delikaten Lippen, sogar die Augen.

«Reme?»

«Bist du ein Freund von Juan?»

«Ich könnte einer werden.»

«Kommst du von ihm?»

Sie war aufgestanden. Die dunklen Brüste bedeckte sie mit der Bürste, ließ aber den Venushügel frei. Er schimmerte in einer metallischen Dunkelheit, wie Carvalho sie bisher nur beim Schamhaar von Negerinnen beobachtet hatte. Er wandte den Blick nicht von dem Drahtverhau ab, deshalb schien ihm auch ihre Stimme aus diesem Bermudadreieck zu kommen.

«Du gefällst mir besser als mancher andere. Hat er dir den Preis gesagt?»

«So oft ich will.»

«Das ist doch kein Preis!»

«Vielleicht viel mehr als ein Preis. Ich kann dir aber versprechen, daß ich es für dich umsonst mache.»

«Bist wohl ein Witzbold. Baske?»

«Wieso Baske?»

«Die Basken machen immer gerne Witze.»

«Ich will mit Lasplazas sprechen, und wenn er nicht da ist, warte ich auf ihn.»

Die Frau blies sich eine nicht vorhandene Locke aus der Stirn und zuckte die Achseln, bevor sie ihm den Rücken kehrte und ihre Toilette fortsetzte. Aber Carvalhos Augen ließen ihren nackten Rücken nicht los; sie drehte sich ab und zu um, als würde sein Blick sie kitzeln; erst war sie amüsiert, dann immer ärgerlicher.

«Hör mal, Witzbold! Hast du noch nie eine nackte Frau gesehen? Weißt du nicht mehr, wie deine Mutter aussah, als sie dich zur Welt brachte?»

«Meine Mutter durfte mich nicht nackt gebären.»

Sie tat, als gebe sie es auf, und rieb sich merkwürdige metallische Substanzen ins Haar, so daß sie sofort wie ein Tier aussah, dessen Gehirn einer elektronischen Untersuchung unterzogen wurde.

«Bist du Lasplazas' Freundin?»

«Kann schon sein.»

«Hat er noch andere?»

Jetzt drehte sie sich um und stemmte eine Hand auf den nackten Schenkel.

«Hör endlich auf mit den Sprüchen!»

«Ich hab mich noch nie so lange mit einer nackten Frau unterhalten.»

«Das wundert mich, du siehst aus wie ein Schwätzer, nicht mehr. Hör mal, Süßer, wolltest du wirklich nicht mit mir ins

Bett? Wenn du das nämlich nicht willst, dann geh nach Puerto Banús, kauf dir ’ne Tüte Chips und ’ne Limom, und schau dir die schönen Schiffchen an! Los, Herzchen, ich werde nervös mit so einem Idioten hinter mir!»

«Cholerische Frauen leben nicht lange.»

Zwischen Wut und Verblüffung entschied sich die Frau für das, was auf halbem Weg dazwischen lag, Verachtung.

«Leck mich am Arsch!»

Carvalho spürte, daß ihm jemand hinter seinem Rücken die Schau stahl, und wandte sich rechtzeitig um, um den Mann zu sehen, der den ganzen Türrahmen ausfüllte.

«Juan, der Typ da macht nichts als Witze. Wieso schickst du solche Halbstarke zu mir?»

«Ich hab dir diesen Señor nicht geschickt.»

Lasplazas gab ihr mit dem Kopf ein Zeichen, und sie verschwand in der Intimsphäre des Badezimmers. Die Luft hinter ihr blieb voller O, die der Schwung ihrer Hinterbacken gezeichnet hatte. Carvalho bewunderte den Bizeps, der zum Vorschein kam, als Lasplazas den Ärmel seines Polohemds Marke Fred Perry fast bis zur Achsel hochkrempelte.

«Wenn Sie mich suchen, dann haben Sie mich gefunden.»

«In Wirklichkeit suche ich die Freundin eines Freundes von Ihnen.»

«Je nachdem, wie man’s nimmt, habe ich viele oder wenige Freunde.»

«Dann passen Sie gut auf, daß Sie’s richtig nehmen, weil es bei dieser Sache um Ihr Gesicht geht. Ich rede von Sherezade, der Tochter von Mme. Pepita und dem Großen Marcel.»

«Wohl eine Chinesenfamilie?»

Carvalho schlug zweimal zu, kräftig, gut gezielt, aber väterlich, und als Lasplazas wie ein Stier auf ihn losgehen wollte, begegnete er auf halbem Weg zwischen ihm und Carvalho der 15-cm-Klinge eines Stiletts. Er wich zurück, seine Hand zuckte zur Hosentasche, aber Carvalho ließ die stählerne Kälte kurz vor seinen weit aufgerissenen Augen tanzen. Er beruhigte sich beinahe übergangslos und beschloß, sich grinsend an die Wand zu lehnen.

«Das Mädchen kam mit einer Yacht, mit der ‹Fucsia›. Dann fuhren Sie mit dieser Yacht nach Gibraltar und zurück. Aber offensichtlich ohne das Mädchen. Wo ist sie?»

«Als ich an Bord kam, war zwischen Henri und ihr alles aus. Sie hatten sich vier Tage lang gestritten, dann verschwand das Mädchen, nicht ohne vorher Henri die Krallen durchs Gesicht zu ziehen, daß es wie eine Landkarte aussah. Henri ist tatsächlich ein Typ, der schwer zufriedenzustellen ist.»

«Wo ist Henri?»

«Er ist verschwunden. Vielleicht zur Legion.»

«Ich gebe dir Zeit bis heute abend, um die Geschichte nach meinem Geschmack abzuändern. Andernfalls komme ich ins Casino, dann können wir das Gespräch ziemlich laut fortsetzen, und hinterher kannst du alles der Polizei erklären.»

Lasplazas war es nicht gewohnt, daß man ihm den Fuß in den Nacken setzte, und ein alter Hochmut ließ ihn ohnmächtig und mit erstickter Stimme protestieren: «Was wollen Sie eigentlich? Woher soll ich wissen, wo diese Alte steckt? Fragen Sie doch Sumbulowitsch, vielleicht weiß er mehr als ich!»

«Wo finde ich ihn?»

«Auf jeder Cocktailparty. Es ist einer von denen, über die *Hola* schreibt, so ein Jet-set-Typ.»

«Hol das Partyprogramm.»

«Heute abend gibt es einen großen Empfang mit kaltem Buffet bei einem Filmschauspieler, Rory Weisberg.»

Als er auf die Straße hinaustrat, überblickte Carvalho sofort die Situation. Zwei dunkelhäutige und wie Schatten in die Länge gezogene Männer schienen mit ihrem Rücken das Haus abzustützen. Aber ihre Beine waren sprungbereit. Ein Blick nach oben bestätigte Carvalho, daß Lasplazas auf dem Balkon stand. Er ging direkt auf die beiden zu; ihre Rücken schienen beinahe von der Hauswand zurückzufedern, und die Männer kamen auf Carvalho zu. Als sie wenige Meter vor ihm standen, zog der Detektiv, wie zur Kontrolle, die Pistole aus dem Schulterhalfter und sah nach, ob sie geladen war. Die Männer erstarrten, lediglich die Hälse bewegten sich, um die Köpfe zu heben und zum Balkon hinaufzusehen. Auf eine Handbewegung von Lasplazas hin drehten sie Carvalho den Rücken zu, als sei ihnen plötzlich ein anderer Weg eingefallen, der richtige. Carvalho steckte die Pistole wieder ein und folgte ihnen. Zuerst in seinem eigenen Tempo, dann ging er schneller, und sie ebenfalls, um nicht eingeholt zu werden. Sekunden später bewegten sie sich schon im Laufschritt vorwärts, die beiden nervös, Carvalho sozusagen grinsend. Plötzlich teilten sie die Welt untereinander auf, einer bekam die rechte, der andere die linke Hälfte. Carvalho folgte dem, der ihm schwächer und verängstigter erschien, und erwischte ihn, als er gerade den Fuß in eine Bar setzen wollte.

«Bitte, Caballero, wissen Sie, wo ich Sherezade finde, die Schlangentänzerin?»

Der Mann war völlig unbeeindruckt von der Frage, als sei es das Natürlichste der Welt. Er senkte den Kopf und fragte: «Und was ist das?»

«Eine Frau.»

Carvalho zeigte ihm ein Foto.

«Kenn ich nicht.»

«Auch nicht von ihr gehört?»

«Nein.»

«Woher kennen Sie Lasplazas?»

«Von nirgends. Ich weiß nicht, wer das sein soll.»

«Der Schlägertyp auf dem Balkon.»

«Mit Schlägern habe ich nichts zu tun. Ich bin arbeitslos. Haben Sie einen Job für mich? Nein? Dann lassen Sie mich in Ruhe!»

«Kann ich Ihnen behilflich sein?» fragte eine Stimme hinter Carvalho. Der andere war um die Welt gelaufen und stand nun hinter ihm. Der Detektiv drehte sich nicht um, sondern sagte: «Ich war gerade dabei, diesem Arbeitslosen einen Job zu besorgen.»

«Das wird schwierig sein. Mein Freund ist Totengräber.»

«Und Sie?»

«Sein Assistent.»

Carvalho tat kräftig mit dem Fuß nach hinten, drehte sich um und erwischte den andern, der sich vor Schmerz krümmte, gerade noch an den Jackenaufschlägen. Er stellte ihn neben seinen Freund und sah die beiden an.

«Ob ihr Arbeitslose seid, weiß ich nicht, aber ein paar Gauner ganz bestimmt. Sagt eurem Lasplazas, er soll mich ab jetzt mit solchen Idioten wie euch verschonen!»

Groll stand in den Augen des Geschlagenen und verfolgte Carvalho, bis er um die Ecke bog und zu seinem Auto ging, um so schnell wie möglich zum Hotel *Meliá Don Pepe* zu kommen. Der Portier wußte seine exzellente Eintrittskarte zu schätzen.

«Ich komme von Señor Weisberg. Ich bin zu seinem Empfang heute abend eingeladen und möchte ein Zimmer mit Blick zum Meer.»

Der Portier nickte beifällig zu den hervorragenden Empfehlungen und Wünschen des Gastes.

«Ach ja. Ich vergaß ganz, ihn nach dem Weg zu seiner Villa zu fragen.»

«Seien Sie unbesorgt! Señor Weisberg ist in dieser Gegend sehr bekannt, und sein Anwesen liegt in Las Lomas in der Sierra Blanca, direkt hinter der Buchinger-Klinik.»

Während der Page seine Koffer hinauftrug, kaufte sich Carvalho eine komplette Sammlung von Klatschzeitungen, breitete sie auf dem Bett aus und studierte die drei parallelen Berichte, in denen die Empfänge in Marbella erwähnt wurden. In zweien davon war Rory Weisberg abgebildet, umgeben von Privilegierten, einschließlich des obligaten arabischen Millionärs und der üblichen Happiness-Manager der Costa del Sol. Nach einstündiger Lektüre war Carvalho so gut informiert, daß er Prinzessin Gunilla von Bismarck duzen und sogar auf die Wange küssen konnte.

Gunilla von Bismarck nahm Carvalhos Wangenküßchen gnädig entgegen und hauchte ihrerseits mit ihrem kleinen Mund zwei Andeutungen von Küßchen in die Luft.

«Der Marqués von Alfarache machte uns miteinander bekannt, bei der Modenschau von Queta Kleiser.»

«Ah, genau! Die Modelle waren einfach wundervoll!»

Obwohl er ein Faible für Blondinen hatte, gab es zu viele Attraktionen um ihn herum, um der deutschen Prinzessin allzuviel Zeit zu widmen. Hier war dreidimensional vertreten, was vom iberischen Jet-set zehn Jahre des politischen Umschwungs und der gesellschaftlichen Artenselektion überstanden hatte. Im Zentrum der Aufmerksamkeit standen der arabische Multimillionär Suleiman Al-Refendi und die Filmschauspielerin Jacqueline Bisset mit ihrem Begleiter, einem russischen Ballettänzer, der aus dem Osten geflohen war, um zu sehen, wie es ihm im Westen ergehen würde. Die Gastgeber trugen Gastgebermienen zur Schau, eine stets lächelnde Grimasse und wachsame Augen, damit es keinem an etwas mangelte, nicht einmal an Konversation. Deshalb kam Rory Weisberg zu Carvalho, der für sein Empfinden allzu allein dastand, und führte ihn zu einer Gruppe, wo Jaime de Mora y Aragón über die Ausrottung der australischen Känguruhs dozierte.

«Also einen Känguruhmantel habe ich noch nie gesehen», bemerkte eine mörderische Dame, die jeden Pelz tragen würde, egal, um welchen Preis.

«Und Sie sind in der Versicherungsbranche tätig?»

«Schiffsversicherungen, ja. Wie haben Sie's erraten?»

«Sie sehen aus wie ein Versicherungsagent.»

Rory Weisberg betrachtete Carvalho mit einer gewissen Neugier, während er im Geist die Gästeliste durchging und überlegte, in welche Schublade er gehörte. Carvalho fand den Schauspieler etwas farblos und kahlköfpig, obwohl es schon zu lange her war, seit er ihn im Kino in der Rolle eines glücklosen englischen Coronels gesehen hatte, der fünftausend indische Lanzen buchstäblich in ein Sieb verwandelt hatten. Señora Weisberg kam mit einer dringenden Bitte herbei, und ihr Gatte folgte diesem Wunder aus kleinen Muskeln, die fünf Stunden täglich massiert und durchgeknetet wurden.

«Wollen Sie mit Suleiman Al-Refendi eine Versicherung abschließen? Ich könnte Ihnen behilflich sein.» Jaime de Mora zwinkerte Carvalho zu.

«Eigentlich bin ich gekommen, um mich mit David Sumbulowitsch zu treffen, dem Besitzer der ‹Fucsia›.»

«David? David und ich sind die besten Freunde.»

Der Bruder der Königin Fabiola von Belgien breitete die Arme aus, um die Dimensionen ihrer Freundschaft anzuzeigen. Ein Arm kehrte in Ruhestellung zurück, der andere blieb oben und wies auf jemanden in der Menge.

«Dort ist er. David!»

Ein großer, magerer junger Mann wandte sich ihnen zu, mit nach unten gezogenen Wulstlippen und müden, hervorquellenden Augen. Seine Stirn war in zwei Rundungen unterteilt. Zwischen Jaime de Mora und David Sumbulowitsch öffnete sich ein Korridor, und der Eigentümer der ‹Fucsia› durchschritt ihn mit erstauntem Lächeln.

«Das ist er.»

David Sumbulowitsch musterte Carvalho mit einem halben Lächeln und Jaime de Mora mit der andern Hälfte.

«Was ist die Pointe bei diesem Witz?»

«Dieser Herr hat nach dir gesucht.»

Er ließ ihm keine Zeit, sich zu wundern. Carvalho legte den Arm um ihn und schleppte ihn in einen ruhigen Winkel, mit einem bedeutungsvollen Seitenblick auf Don Jaime. Dabei bemerkte er, wie sich die Muskulatur unter dem Druck seines gebieterischen Armes immer mehr anspannte. Carvalho ging weiter, bis sie im Garten eine ruhige Ecke für ein Tête-a-tête gefunden hatten.

«Wer sind Sie?»

«Ich bin auf der Suche nach Sherezade.»

«Das ist ein Tanz, nicht?»

«Eine Tänzerin. Eine Tänzerin, die mit Ihnen und Grazier von Djerba bis irgendwohin gefahren ist.»

«Sie ist weg.»

Er hatte keine Lust, ihm Auskunft zu geben. Seine Handbewegung war allzu lustlos und ohne die geringste Absicht, die genaue Richtung anzuzeigen, in die sie verschwunden war. Carvalho packte den desorientierten Arm und zog daran, bis sie sich wirklich Auge in Auge gegenüberstanden.

«Wetten, du erinnerst dich, wohin sie ging?»

«Vorsicht mit diesen Händen!»

Der Besitzer der ‹Fucsia› schwitzte im Gesicht. Carvalho wollte ihm zwei Gerade aufs Gehirn geben, als sich eine schwere Hand auf seine Schulter legte. Es war Weisberg in Begleitung von zwei Hausdienern oder immerhin zwei Männern, die als Hausdiener kostümiert waren.

«Mir scheint, Sie haben sich im Empfang geirrt, Señor … Carvalho … Hast du ihn eingeladen, David?»

«Nein.»

Er grinste triumphierend, während er sich mit einem Klaps aus Carvalhos Umarmung befreite. Die beiden Hausdiener gingen auf Carvalho zu, blieben aber stehen, als er die Arme hob und ihnen, um Frieden bettelnd, zulächelte.

«Ich gehe schon. Es war in der Tat eine Verwechslung.»

Señora Weisberg kam mit spitzen Schreien herbeigelaufen.

«Er ist da! Der Kuskus aus Marrakesch ist da!»

Er nickte der Dame zu, als er an ihr vorbeiging, gefolgt von Weisberg und den beiden Schlägertypen. An der Tür drehte er sich mit der Miene eines Mannes um, der eine vertrauliche Frage stellen will.

«Ein Kuskus aus Marrakesch?»

«Suleiman Al-Refendi beehrt uns mit einem Kuskus, der aus Marrakesch eingeflogen wird.»

«Aufgewärmter Kuskus war schon immer ein Fehler, und das wird er auch bleiben.»

Das war der Moment, in dem er einen Faustschlag bekam, und er fand sich wieder, am Boden sitzend, allein, über ihm der Sternenhimmel und die mondbeschienene Silhouette einer Dattelpalme.

Sein Unterkiefer schmerzte, war aber noch an seinem Platz, und als er die Augen über die Vegetation des Parks und die geparkten Autos schweifen ließ, fühlte er die Gegenwart eines andern und ging in die Defensive. Ein silberhaariger Mittfünfziger sah ihn gutmütig lächelnd an und wartete darauf, daß er ihn erkannte. Carvalho ging im Kopf Dutzende persönlicher Daten durch, bis er das Gesicht mit einer Erinnerung zur Deckung brachte.

«John Cromford.»

Der Hüne gab ihm die Hand und schüttelte sie so heftig, daß ihm ein stechender Schmerz in das malträtierte Kinn fuhr.

«Sie haben dich nicht gerade gut behandelt.»

«Hast du's gesehen?»

Cromford nickte und ging neben Carvalho her, oder Carvalho war es, der neben Cromford herging.

«Diese Leute sind sehr offen, aber sie haben ihre Regeln. Sie wollen keine CIA-Agenten auf ihren Empfängen.»

«Ich bin kein CIA-Agent mehr. Und du?»

«Ich auch nicht. Ich bin jetzt Gärtner.»

«Hier?»

«Nein. Sagen wir mal, ich bin Gärtner en gros. Ich besitze eine Baumschule. Zum Beispiel sind alle Blumen und Pflanzen in dieser Villensiedlung, von West bis Ost und von Nord bis Süd sozusagen meine Kinder. Sie sind in meiner Baumschule geboren.»

«Bist du Rentner?»

«Im Ruhestand.»

Er erinnerte sich an Cromfords Kopf. Er hatte wie der eines Helikoptergottes ausgesehen, ein mächtiges, blutgieriges Haupt, über dem sich ein Deckenventilator des *Raffles* in Singapur gedreht hatte. Cromford hatte damals für den Intelligence Service gearbeitet, und Carvalho hatte eine Propagandareise des Dalai Lama überwacht, da er gerade zwischen einem Auftrag in Bangkok und einem Baliurlaub etwas freie Zeit gehabt hatte. Aber er hatte Cromford schon von früher gekannt. London, Miami, Lissabon.

«Und was treibst du?»

«Privatdetektiv.»

Cromford verzog das Gesicht.

«Gute Fußballer sind meistens schlechte Trainer.»

«In meinem Alter tauge ich nur noch als Zuschauer.»

«Was wolltest du bei Rory?»

«Ist er dein Freund?»

«Hier ist keiner mit keinem befreundet, aber wir sind alle Freunde.»

«Ein Mädchen, das verschwunden ist oder sich versteckt hält.»

«Minderjährig?»

«Nein.»

«Ihr Mann?»

«Nein, ihre Mutter.»

«Diese Spanier!»

Cromford lachte überlaut und klopfte Carvalho mit ebenso übertriebener Vertraulichkeit auf die Schulter. Fünfhundert Singapur Sling an der Bar des *Raffles* in einer Woche waren dafür noch lange kein Grund.

«Die Mama auf der Suche nach ihrer vierzigjährigen Tochter!»

«Fünfundzwanzigjährig! Was willst du? Die Familie spielt hier eben eine große Rolle. Kennst du Sumbulowitsch?»

«Hier kennt jeder jeden und keiner keinen.»

«Du bist ein Philosoph!»

«Ich kenne ihn. Ein kleiner Gauner, der davon lebt, daß er seine Yacht vermietet und den Kapitän spielt. Ein Möchtegern-Abenteurer.»

«Und Lasplazas?»

«Kaum mehr als ein Schläger.»

«Für einen kleinen Gärtner weißt du ganz gut Bescheid.»

«Instinkt. Die Spürnase verliert man nicht. Heute wohnen ganz andere Leute hier an der Küste. Früher waren es reiche Franquisten, heute sind's reiche Araber, der Rest ist Fußvolk. Wonach riecht die Geschichte mit dem Mädchen?»

«Nach Mädchenhandel.»

Cromford hatte Carvalho zu seinem Wagen geführt. War es sein erstaunlicher Instinkt, oder hatte er es gewußt? Mit einem schnellen Seitenblick erhaschte er Carvalhos versteckte Überraschung.

«Das Auto müßte deins sein, stimmt's? Es ist das billigste von allen, die hier rumstehen.»

Carvalho erwartete, irgendwohin auf ein Glas eingeladen zu werden. Umsonst. Cromford schwieg im Mondlicht und dachte nach. Als Carvalho bereits im Auto saß, steckte er den Kopf zum Seitenfenster herein und sagte: «Fahr morgen nach Ceuta! Als normaler Tourist. Zum Einkaufen. Geh zum Kaufhaus Calatrava, grüß den Besitzer von mir, und sag ihm bloß, du willst den Türken sprechen, mehr nicht. Er wird dir sagen, ob es um Mädchenhandel geht. Wenn er nein sagt, dann ist sie mit einem schwedischen Geiger durchgebrannt, zum Beispiel. Erzähl mir, was du rausgefunden hast!»

Damit steckte er ihm eine Visitenkarte in die Jackentasche, die er bereits in der Hand gehabt hatte.

Er erwachte mit dem Gefühl, daß etwas nicht stimmte, tatsächlich schmerzte sein Unterkiefer, und es war schon beinahe zu spät für die erste Fähre von Algerciras nach Ceuta. Er erwischte das Schiff der Transmediterranea, als die Auffahrrampe für Pkws schon halb hochgezogen war. Dann suchte er in dem zollfreien Geschäft an Bord wie besessen nach guten Zigarren, fand aber nur ein paar zweit- oder drittklassige kanarische, ein Mangel, der durch eine Unzahl von höllisch lauten Elektrogeräten kompensiert wurde. Ceuta war die Fortsetzung des *Duty-free-Shops*: kein Quadratmillimeter der Stadt war ohne diese Kästen aus kosmischem oder plastischem Material, aus denen Hundemeuten heulten und Jagd auf Menschenohren machten. Sein Tonfall war dementsprechend wenig vertraulich, als er im Kaufhaus Calatrava versuchte, sich gegen das herrschende musikalische Getöse durchzusetzen. Als das Wort «der Türke» das simultane Geheul der Rocksänger aus den diversen Vorführgeräten übertönte, überzog Wut das Gesicht des Besitzers mit dem mörderischen Impuls, die Stimme des Eindringlings zu ersticken. Aber der Name Cromford ließ ihn durch Seitengäßchen, die von der Hauptgeschäftsstraße abzweigten, zum arabischen Viertel traben. Das Haus des Türken war ein alpin-spanisches Chalet mit Palme, bei dem noch manche Elemente vom optischen Ordnungswillen des früheren Besitzers zeugten, aber der Türke hatte daraus das Hinterzimmer eines nicht vorhandenen Ladens gemacht. Alles schien aus einem Ausverkauf aus dritter Hand zu stammen, und der Türke selbst hatte Verhalten und Blick eines resteverwertenden Lumpensammlers. Er betrachtete und beschnüffelte das Foto von Sherezade und hörte sich Carvalhos

Kurzbericht an wie ein Sonderangebot von etwas, an dem er kein Interesse hatte. Er schüttelte den Kopf.

«Die ist bei keinem Mädchenhändlerring aufgetaucht. Sagen Sie John, er kann beruhigt sein. Türkenwort!»

Carvalho wollte ihn dazu bringen, sich das Bild noch einmal anzuschauen, während er ihm die Geschichte zum zweitenmal erzählte, aber der Türke erhob sich, drehte sich um und verschwand hinter einem Wandschirm, der anscheinend von einem Einbruch in einem billigen Puff stammte. Auch der Mann, der Carvalho hergebracht hatte, war verschwunden, und er mußte allein zum Hafen und der Hauptgeschäftsstraße zurückgehen. Er hatte noch stundenlang Zeit bis zur Abfahrt der Fähre, die ihn zur Halbinsel zurückbringen würde, und das einzige, das ihm geeignet erschien, die Deprimiertheit zu überwinden, war eine Dose iranischer Kaviar. In den zollfreien Supermärkten war iranischer Kaviar so teuer wie Glanzstücke aus der privaten Diamentensammlung von Königin Juliana von Holland. Aber er hatte ihn sich verdient, und er erstand ein halbes Pfund, das in einem Kistchen mit Trockeneis vor der Hitze geschützt war. Wegen ihrer elementaren farblichen Anziehungskraft kaufte er noch zehn Kistchen gepreßten Kabeljaurogen und versuchte, einen Angestellten dazu zu bewegen, ihm zu verraten, wo er am besten arabisch essen gehen konnte.

«Wenn man gut spanisch essen kann, lohnt es sich doch nicht, arabisch essen zu gehen.»

«Das ist ein Argument.»

Es gab eine ziemlich weitverzweigte Verschwörung mit dem Ziel, ihm das arabische Essen auszureden, woraus er schloß, daß Ceutas Tage als spanische Stadt gezählt waren. Wenn dieses extreme Stadium gastronomischer Intoleranz erreicht war, bedeutete das die Unmöglichkeit des Dialogs zwischen beiden Gruppen. Aber es war weder seine Aufgabe, noch hatte er die Zeit, die herrschenden Zustände zu ändern, und so unterwarf er sich der Speisekarte eines Restaurants am Strand: Schwertfischsuppe oder Schwertfisch vom Grill.

«Bringen Sie mir, was für Ceuta am typischsten ist!»

«Gazpacho und Schwertfisch.»

Er kapitulierte vor der Durchschlagskraft des gegrillten Schwertfischs und trank zum Essen «La Quinta», einen leichten, goldgelben Sherry, mit dem er seine ganze Andalusienreise durchtränken wollte. Er nahm das erste Schiff, das zurückfuhr, und ließ den Wortschwall eines kleinen, alten Artillerieobersten a. D. über sich ergehen, den der Anblick des Felsens von Gibraltar zu ihrer Rechten erschütterte.

«Mir kocht jedesmal das Blut, wenn ich diesen Teil Spaniens sehe, der unter dem Stiefel der Invasoren blutet. Waren die Spanier nicht Manns genug, dieses Stück unserer Stammlande zurückzuerobern, das seit dreihundert Jahren in den Klauen des heimtückischen Albion schmachtet?»

«Tragen Sie es mit Fassung! Denken Sie bloß mal daran, wie nahe Columbus New York gekommen ist! Heute kräht kein Hahn mehr danach.»

«Natürlich, natürlich», räumte der kleine Alte ein, fasziniert von diesem Aspekt des spanischen Niedergangs, der bis jetzt seinem patriotischen Auge verborgen geblieben war.

«Und jetzt gehört es den Negern!» fügte der Oberst a. D. mit der ganzen Wut hinzu, die er im eher von den Krampfadern als von dem Restchen an Muskeln aufrechterhaltenen Leib hatte. Carvalho verabschiedete sich wärmstens von seinem Gesprächspartner und wünschte ihm die baldige Rückeroberung von Gibraltar. Seinerseits machte er sich an die Rückeroberung seines Wagens, den er in der großen Straße zum Hafen geparkt hatte. Als er ihn erreichte, sah er den Arbeitslosen von San Pedro auf der Kühlerhaube sitzen.

«Wie ich sehe, haben Sie Arbeit gefunden. Sie haben auf mein Auto aufgepaßt.»

«Lasplazas will Sie sehen.»

«Er wird mich früh genug sehen, keine Bange!»

«Er hat mich hergeschickt. Er sagt, er weiß vielleicht etwas über das, was Sie suchen, und erwartet Sie um neun im *Antonio's* in Marbella.»

«Um neun Uhr fünf.»

«Wenn es sein muß, auch um neun Uhr fünf.»

«Ich denke, das ist ihm egal.»

Der Mann schien neugierig auf die Tasche in Carvalhos Hand zu schauen. Der Detektiv nahm verschiedene Dosen heraus.

«Iranischer Kaviar.»

«Sie lassen sich's gutgehen, wie ich sehe.»

«Hier, nehmen Sie! Das ist Kabeljaurogen. Nicht ganz so gut, aber für Arbeitslose nicht schlecht. Ihr Jungs braucht Proteine.»

John Cromford sah im – wenn auch späten – Tageslicht immer noch aus wie der joviale Bösewicht, als den ihn Carvalho an der Bar des *Raffles* kennengelernt hatte. Der Engländer wollte den Überraschungseffekt vom Vortag verlängern und strich sich, als er ihn sah, mit der Hand über die Augen.

«Unmöglich! Du bist ein Gespenst!»

«Ein Gespenst auf Reisen.»

«Wie war's in Ceuta?»

«Dein Türke sagte, es sei nichts dran. Das Mädchen sei verschwunden, weiter nichts.»

«Das kommt vor.»

Er ging ihm voraus auf eine Terrasse, von der aus man die Pflanzungen seiner Baumschule überblicken konnte. Kaum hatten sie in zwei hohen philippinischen Korbsesseln Platz genommen, erschien ein Hausmädchen und stellte zwei hohe, volle Gläser auf den Tisch.

«Singapur Sling. Immer noch dein geheimes Laster?»

«Ich trinke nur noch Wein und eiskalten Grappa. Meine Leber macht nicht mehr so mit.»

«Letztes Mal, als ich dich sah, standen wir an der Bar im *Raffles*, und vor uns die beiden obligaten Singapur Slings. Sieh mal, was für ein Sonnenuntergang!»

Der ehemals rotblonde Engländer war ergraut und hielt seine Glückskurve nur mühsam durch sportliche Betätigungen in Zaum. Golf- und Tennisschläger lagen verstreut im Zimmer herum, das sich auf die Terrasse über der Costa del Sol öffnete, mit Blick auf ein stilles, die Nacht ankündigendes Meer.

«In den Tropen ist man immer durch einen Feuchtigkeitsfilm von der Realität getrennt. Hier bekommt man die Natur ungefiltert. Wild. Das gefällt mir.»

Carvalho ließ sich von Cromford Haus und Umgebung zeigen. Die Ellbogen auf eine pseudorustikale Balustrade gestützt, störte er Cromfords Verzückung gewaltsam mit der herausgeschleuderten Frage: «Kennst du Lasplazas gut?»

«Vielleicht. Bist du nur hinter verirrten Mädchen her?»

«Ich schmuggle auch iranischen Kaviar. Ich hab die ganze Tasche voll.»

«Halt dich ran! Khomeini macht Schluß mit iranischem Kaviar. Revolutionen machen Schluß mit dem Vergnügen; das ist das erste, was sie unterdrücken.»

«Bist du immer noch damit beschäftigt, Revolutionen in Konterrevolutionen zu verwandeln?»

«Ich habe eine Baumschule. Ich bin jetzt dabei, Bäume und Pflanzen für die Gärten an der Costa del Sol zu züchten. Was sagt dir das Wort ‹Jakaranda›?»

«Ein Getränk, ein Tanz, eine Frau oder ein Baum.»

«Ein Baum. In Spanien gedeiht er nur hier an der Küste und natürlich auf den Kanaren, aber hier herrscht ein subtropisches Mikroklima. Willst du meine Pflanzungen sehen?»

Fast übergangslos, vielleicht um der Klebrigkeit eines Gesprächs über die Landschaft zu entgehen, nahm Carvalho die Einladung an und begab sich mit Cromford auf einen Lehrgang durch die tropischen Arten, die manchmal den falschen Eindruck eines falschen Dschungels erweckten.

«Palmen vermehren sich nur, wenn man sie paarweise pflanzt. Männchen und Weibchen müssen beisammen sein.»

Carvalho hörte ihm zu und dachte dabei über den frischgebackenen Botaniker nach. Cromford war ein Glückspilz unter den englischen Agenten gewesen, hatte bei einer undurchsichtigen Geschichte als Tripelagent für einen Vorgesetzten gearbeitet, der für vier Seiten tätig gewesen war, und daraufhin seine vorzeitige Pensionierung erreicht. Er war nur scheinbar ein untätiger Pensionär. Tatsächlich spionierte er für die arabischen Anleger an der Costa del Sol, dem Brückenkopf für die Rückeroberung von «El-Andalus» auf der Basis von Petrodollars. Welche Rolle spielte er in dieser Falschspielerrunde? Die ‹Fucsia›. David Sumbulowitsch. Henri Grazier. Lasplazas. Die ‹Fucsia› war nicht für Schmuggel bekannt, auch David Sumbulowitsch nicht. Niemand wußte das geringste über Henri Grazier. Auch nicht über Sherezade. Er wählte den Moment, als Cromford die Eignung der Sümpfe von Istán zur Bewässerung erläuterte, um einen Knüppel zwischen die Beine seines gärtnerischen Vortrags zu werfen.

«Ich gehe nicht, ehe ich Sherezade gefunden habe. Du kennst mich.»

Es gelang ihm, Cromford zu einem Schweigen zu bringen, das besser war als der Lärm der weitschweifigen Plantagenführung.

«Lasplazas ist dein Mann.»

«Scheint dein Lieblingsschurke zu sein.»

«Ein übler Vogel. *Un chu-lo-pu-tas am-bi-des-tro* [1]», sagte er mühsam, aber befriedigt über die korrekte Aussprache der schwierigen ausländischen Silben. Nachdem er seinen Mund von diesem Ballast befreit hatte, schien Cromford glücklich zu sein. Seine Augen verabschiedeten sich.

«Ich werde dich nicht länger belästigen.»

«Es war mir ein Vergnügen.»

Er beugte sich noch ins Auto, um zu sagen: «An deiner Stelle würde ich mich an die Schützlinge von Lasplazas halten. Geh zu Contreras in der Bar *Scirocco* in Puerto Banús, und sag ihm, daß du von mir kommst. Er wird dir Adressen geben.»

«Lasplazas hat mich zu sich bestellt.»

«Verabredungen mit Lasplazas lohnen sich nicht und gehen fast immer schlecht aus.»

Es dauerte seine Zeit, bis Contreras zum Gespräch bereit war. Er spielte wie besessen ein Computerspiel mit Marsmännchen.

«Ich brauch noch tausend», war die einzige Antwort, die er gab. Endlich verließ er mit einer erschöpften Bewegung die Ma-

1 Ein bisexueller Zuhälter

schine und rügte Carvalho für seine Störung. «Ohne Konzentration geht's nicht.»

Er war ein kleiner Vogel mit wohlzusammengefügten Knöchelchen in seinem Tänzerkörper. Er hörte aufmerksam zu und leerte nebenbei ein schnelles Glas Abendsherry.

«Einen Abendsherry!» hatte er dem Kellner gesagt und einen lieblichen Sherry bekommen, den er zungenschnalzend genoß. Dann schrieb er etwas auf eine Serviette und gab sie Carvalho.

«Das ist alles, was ich weiß. Seien Sie nett zu ihnen! Die Mädchen sind in Ordnung. Haben sie Dummheiten gemacht?»

«Sie nicht. Lasplazas steckt bis zum Hals in der Tinte.»

«Vorsicht mit dem Burschen! Ein ganz ausgebuffter Typ. Trauen Sie ihm nicht über den Weg!»

«Wie ich sehe, ist Lasplazas nicht sehr beliebt.»

«Er ist ein Zuhälter, und für Zuhälter habe ich nichts übrig.»

«Woher kennen Sie Cromford?»

«Über meine Frau. Sie kauft immer bei ihm die Geranien. Er hat die schönsten an der Costa del Sol. Ist Ihnen nicht aufgefallen, daß die Geranien in diesem Teil von Andalusien die schönsten Farben haben?»

«Und Sumbulowitsch?»

«Auch so ein Großbürger.»

«Großbürger sind nicht Ihr Fall?»

«Es gibt zu viele davon, wissen Sie. Das einzig Gute an ihnen sind die Trinkgelder, die sie geben, aber sie tun es ganz unberechenbar, je nach Laune. Und am nächsten Tag kriegt man einen Tritt und kann zusehen, wo man bleibt.»

Er hätte auch über Mondflecken oder den Ausfall von ‹d› in intervokalischer Position reden können und trank dabei reichlich und in einer derartigen Geschwindigkeit, daß sich die Würmer wohl bald an seiner lieblich marinierten Leber erfreuen würden.

«Trinken Sie nicht so viel! Das ist ungesund», sagte Carvalho als eine Art Verabschiedung.

«Das Ungesunde ist immer das Interessanteste.»

Carvalho drang in die drei ‹befreiten› Wohnungen ein, wo Lasplazas seine Schützlinge arbeiten ließ, zwischen Estepona und San Pedro de Alcántara. Die falsche Blondine in Estepona hatte sich mit Melissengeist einen angetrunken und begann zu weinen, als sie feststellte, daß Carvalho nichts Gutes im Schild führte und sie fragte, was ein Mädchen wie sie in einem solchen Bett zu suchen habe. Ihr Vater war bei einem Schiffbruch ums Leben gekommen, sie war bei den Briones in Montánchez Hausmädchen geworden und hatte dort Juanito Lasplazas kennengelernt, den Sohn eines der renommiertesten Ärzte von Algeciras. Inklusive Schwangerschaft und Abtreibung war die Geschichte so klischeehaft, daß nicht einmal der kleine Altar mit der Heiligen Jungfrau der Schmerzen fehlte. In San Pedro de Alcántara blieb das Mädchen mit den grün geschminkten Augen eine halbe Stunde lang dabei, sie sei Masseurin und Spezialistin für Unterwassermassage, könne sich aber leider die Geräte nicht leisten – die besten seien aus Deutschland und unerschwinglich. Schließlich ließ sie eine Geschichte los, die der der Blonden sehr ähnlich war, allerdings war der Vater diesmal Briefträger gewesen, hatte seine Frau mit acht Kindern sitzengelassen und war mit der Frau des Kastrierers von Almonacid nach Barcelona abgehauen. Auf halbem Weg zwischen San Pedro und Marbella unterhielt sich Carvalho in einem hinter Eukalyptus verborgenen Häuschen mit einer Frau um die vierzig, aber frisch und weitläufig wie der Strand, die Lasplazas wie eine inzestuöse Mutter liebte und mit der ganzen Kraft ihres Herzens und ihrer Hüften für ihn arbeitete. Bei keiner erwähnte er das Foto der sehnigen Schlangentänzerin, aber alle drei vervollständigten das Bild, das er sich von Lasplazas gemacht und das Contreras bestätigt hatte.

Er fuhr nach Nueva Andalucía und stieg wieder die Treppe zu Remedios' Apartment hinauf. Die Tür war verschlossen. Auf sein Klopfen antwortete die Stimme der Violetten mit einem «Ich komm ja schon!», um eventuelle Ungeduld zu besänftigen. Die Tür öffnen und wieder zuschlagen wollen war eins, aber Carvalho warf sich mit seinem ganzen Körper dagegen, und die Frau wurde mit ausgebreiteten Armen und Beinen zurückgeschleudert, die aus einem winzigen Kimono voller chinesischer Buchstaben aus Hongkong hervorragten. Dumpf und tränenerstickt nannte sie ihn dreimal einen Hurensohn. Carvalho schloß die Tür ab und prüfte nach, ob Lasplazas anwesend war. Dann hielt er dem Mädchen die Fotografie unter die Nase.

«Entweder du sagst mir jetzt, wo sie ist, oder du und dein Lude können im Knast Spinnweben ansetzen.»

«Du bist nicht der Kerl, der Juanito auch nur ein Haar am Arsch krümmt.»

«Laß die Schweinereien! Wer hat dir beigebracht, so ordinär daherzureden? Los, wir gehen sofort auf die Wache!»

Sie wollte nicht auf die Wache gehen, lieber reden. Die Zicke auf dem Foto habe sich wie eine Klette an Juanito gehängt, weil ihr Mann kein Mann und auch sonst nichts war. Und wer Streit suche, der finde ihn auch.

«Und dein Juanito hat den kleinen Franzosen gevögelt, weil er so ein toller Mann ist, daß es ihm nicht drauf ankommt, ob er's von hinten oder von vorn macht.»

«Was weißt du schon!»

«Wo ist das Mädchen?»

Sie zuckte die Achseln und wandte ihm mit der ganzen Würde, die ihr noch blieb, den Rücken zu. Irgend jemand trat die Tür ein, und das Zimmer war plötzlich voll von Uniformierten, hysterischen Schreien und Rippenstößen. Carvalho bekam praktisch einen Pistolenlauf in den Mund, und Remedios wurde in die hinteren Räume gestoßen, damit sie sich anzog. Der Kommandant der Gruppe bedachte Carvalho mit einem strengen, warnenden Blick. Überflüssig zu fragen, wohin man ihn bringen würde. Als Carvalho im Streifenwagen saß, machte er sich auf eine lange Nacht unter Räubern und Gendarmen gefaßt.

Es dauerte eine Stunde, bis sie ihm alle Einzelheiten des Puzzles geliefert hatten. David Sumbulowitsch war am Strand von Guadalmina in einem Zuckerrohrfeld tot aufgefunden worden, und mehrere Finger hatten auf den Eindringling gedeutet, der sich mit ihm auf dem Empfang bei Weisberg gestritten hatte.

«Was suchten Sie in Remes Wohnung?»

«Was kann man in Remes Wohnung wohl suchen?»

«Sie sagt, Sie seien ein Verrückter, der nur mit ihr Konversation treiben wollte.»

«Jeder hat eben so seine perversen Neigungen.»

«Was machen Sie an der Costa del Sol?»

«Ich bin Tourist.»

«Worum ging es bei Ihrem Streit mit Sumbulowitsch?»

«Er wollte mich auf dem Empfang nicht vorstellen. Ich finde es toll, mit all diesen Leuten auf Tuchfühlung zu sein. Die Zeitschriften sind voll von ihnen und...»

«In welchem Auftrag sind Sie hier?»

Wenn sie diese Frage stellten, hieß das, daß weder Reme noch die andern Sherezade erwähnt hatten, um entweder Lasplazas oder sich selbst zu decken. Er sprach darüber, wie er den ganzen Tag seine Zeit verbracht hatte, erzählte von der Reise nach Ceuta und den Kaviarpreisen, was man mit gepreßtem Kabeljaurogen machen könne und von Taramas, einem exquisiten Gericht des östlichen Mittelmeers. Die Beamten auf dieser Wache waren große Kosmopoliten, oder sie hatten zuviel Zeit und ließen Carvalho lügen bzw. nicht die ganze Wahrheit sagen, ohne mit der Wimper zu zucken. Aber die Stunden vergingen, und in der Zwischenzeit war die Realität draußen im Fluß und veränderte sich, ohne daß er eingreifen konnte. Er schlief auf einem Stuhl ein, der seinen Abdruck auf seinem Körper und seiner Seele hinterließ. Am nächsten Tag war er selbst ein Stuhl voller Kanten und Schmerzen, der nach den Befehlen einer neuen Verhörsmannschaft sprach oder schwieg. Aber der Dirigent des Orchesters war immer noch dieser finstere Mensch, der ihn festgenommen hatte. Carvalho ließ ganz beiläufig den Namen Cromford fallen, als spiele er bei dieser Geschichte eine ganz untergeordnete, praktisch unwichtige Rolle.

«Na ja, als ich wieder von Ceuta zurück war, trank ich mit Cromford ein paar Gläser...»

Der Finstere kniff die Augen zusammen und wälzte seinen Riesenleib über den Schreibtisch auf Carvalho zu.

«Mit wem haben Sie ein paar Gläser getrunken?»

«Mit Cromford. John Cromford, ein Freund von mir, den ich zufällig auf der Party bei Weisberg traf.»

«Sind Sie ein Freund von Cromford?»

«Ja, und er von mir.»

Der Beamte sprang auf und verließ das Büro. Die beiden andern Vernehmungsbeamten zündeten sich Zigaretten in alphabetischer oder irgendeiner andern geheimen Reihenfolge an. Leichtfüßig und säuselnd kam der Chef zurück.

«Mannomann, manchmal sind wir Profis wirklich die, die von unserem Beruf am wenigsten verstehen! Warum haben Sie mir nicht gleich gesagt, daß Sie vorgestern den ganzen Abend bei Cromford waren?»

«Es war nicht der ganze Abend.»

«Jedenfalls lange genug, um über jeden Verdacht erhaben zu sein. Sumbulowitsch wurde etwa um diese Zeit umgebracht, und Sie können nicht an zwei Orten zugleich gewesen sein.»

«Lassen Sie sich nicht durch den falschen Schein täuschen, Kommissar! Ebenso, wie die plausibelsten Motive Mißtrauen verdienen, ist auch bei den plausibelsten Alibis Vorsicht geboten!»

Verblüffung ließ in diesem Moment die Züge des Polizisten nach einem neuen, der neuen Situation angemessenen Ausdruck suchen.

«Also bitte. Gehen Sie! Unterschreiben Sie ein Protokoll, und gehen Sie!»

Es war Zeit zum Abendessen, als Carvalho die Schönheit des andalusischen Sternenhimmels wieder in Besitz nahm, der eigens als Hintergrund für die herbstlichen weißen Würfelbauten dazusein schien. Entweder Sherezade oder ein Abendessen in der *Hacienda*, deren Küche eine der berühmtesten in ganz Spanien war. Langustencroquetten, Seeteufel mit Porreesauce, Perlhuhn mit grünem Pfeffer, Malaga-Eis, rezitierte Carvalho für sich selbst, schizophren, innerlich gespalten in den *maître*, der in ihm steckte, und den Privatdetektiv.

«Das professionelle Gewissen sei der Fluch deines Lebens!» sagte er sich angewidert und verfluchte das genetische Erbe von Verantwortlichkeiten, das ihm ein Vater vermacht hatte, der stolz behauptete, er habe sich niemals vor der Arbeit gedrückt, außer während seiner sechs Gefängnisjahre unter Franco.

«Und selbst dort habe ich in der Verwaltung gearbeitet!» pflegte er hinzuzufügen, dieser Über-Galicier.

Cromford selbst löste den Konflikt, der ihn vor dem Kommissariat in einem mit Pflanzen und Blumen bemalten Jeep erwartete, dem passenden Auto für einen passionierten Gärtner. Cromford riß die Tür weit auf, und Carvalho nahm auf dem Beifahrersitz Platz. Erst als er saß, stellte er fest, daß sie nicht allein waren. Die beiden Arbeitslosen und Contreras schauten grußlos zur Seite. Schweigend fuhr Cromford los.

«Sieh einer an, die Arbeitslosen! Und ich dachte, es seien die Knechte von Lasplazas.»

Er wiederholte den Satz zweimal, aber keiner antwortete ihm.

Der Jeep fuhr in Richtung Estepona und bog am Supermarkt in eine Seitenstraße ein, die sich zur Sierra Blanca hinaufschlängelte. Unmöglich, rechtzeitig die Tür zu öffnen und beim Absprung eine gewisse Chance zu haben, daß er sich nicht im Graben den Schädel einschlug oder in einen Abgrund stürzte. Wieder bogen sie ab und in einen Feldweg ein, der bergauf zu einem Pinienwald führte, in dessen überflüssigem nächtlichen Schatten das Auto abgestellt wurde. Cromford bedeutete ihm mit einer Kopfbewegung, auszusteigen, und die vier Männer standen unter den Bäumen und dem Mond. Nur Cromford schien etwas vorzuhaben. Mit einer Handbewegung befahl er den drei Begleitern, dazubleiben, und forderte Carvalho auf, mit ihm dem Fußweg zu folgen. Als sie außer Hörweite waren, folgten ihnen die andern, um Carvalho zum Sieb zu machen, falls es ihm einfiel, gegen ihren Willen plötzlich loszurennen. Cromford legte ihm – auch für einen Engländer unpassend, der schon lange Zeit an der Costa del Sol lebte – väterlich den Arm um die Schultern. Dieser Arm sollte ihn nicht nur psychologisch stützen, sondern auch festhalten.

«Das Beste, was du tun kannst, ist nach Hause fahren. Der Tod dieses Jungen kompliziert die Lage.»

«Ich kann nicht mit leeren Händen zurückkommen. Ich habe eine Klientin, die auf ihre Tochter wartet.»

«Du kannst nicht mit leeren Händen zurückkommen ...» wiederholte der andere, als denke er über einen nicht offen zutage liegende tieferen Sinn dieser Feststellung nach.

«Stell dir vor, du kommst nicht mit leeren Händen nach Hause. Wärst du imstande, mit vollen Händen zurückzukehren, aber den Mund zu halten?»

«Ich kam her, um nach einem Mädchen zu suchen, sonst nichts.»

«Das, was du von mir willst, kann ich dir nicht so einfach auf dem Präsentierteller servieren: Bitte schön, dein Mädchen. Du mußt sie dir erkämpfen. Aber ich kann dir sagen, wer sie hat und wo sie ist. Alles andere ist deine Sache.»

«Wer hat sie?»

«Lasplazas und seine Bande.»

«Ich dachte, es sei deine!»

«Nein. Bis vor drei Jahren war alles ganz *easy*. Aber irgend jemand hat diesem Zuhälter Geld und Macht gegeben; er fing an, sich in den Mädchenhandel einzumischen, und brachte damit ernstere Dinge in Gefahr, die schon aufgebaut waren. Mit diesem miserablen Geschäft ist er drauf und dran, fünfzehn Jahre Arbeit zunichte zu machen, fünfzehn Jahre, in denen ich es in dieser Gegend zu etwas gebracht habe. Der Mord an Sumbulowitsch war der Tropfen, der das Faß zum Überlaufen bringt, aber noch ist nicht der richtige Zeitpunkt für eine Antwort.»

«Gehörte Sumbulowitsch zu dir?»

«Nein. Lasplazas hat ihn umgebracht, um die Sache noch komplizierter zu machen. Deine Ankunft hat eine Menge Leute Verdacht schöpfen lassen, und diese Leiche zwingt uns zu wochenlangem Stillhalten.»

«Ich weiß gar nicht, wieso du dich aufregst. Die Araber stehen noch auf deiner Seite.»

«Nicht alle Araber sind gleich, und nicht alle spielen dasselbe Spiel. Bevor dieser Zuhälter so frech wurde, kontrollierte ich die Grenze zwischen Gut und Böse an der gesamten Costa del Sol. Polizei, Regierung, Kaziken, Grundbesitzer ... Alle wußten, wenn sie sich mit mir verbünden, lösen sie ihre Probleme.»

«Und jetzt?»

«Jetzt haben wir sozusagen eine veränderte Sachlage, und wenn du noch mehr Ärger machst mit deinem Mädchen und es noch mehr Tote gibt, dann werden zu viele ihre Nase in unsere Angelegenheiten stecken. Du mußt nach Marbella fahren, ganz oben in die Altstadt, und die Spelunke *El Periquito Mudo*[1] suchen. Wenn du heute nacht hingehst, hast du das Überraschungsmoment auf deiner Seite. Laß dich nicht an der Tür aufhalten, und geh so schnell wie möglich ins obere Stockwerk, koste es, was es wolle. Du mußt die Waffe mitnehmen. Oben findest du Sherezade. Nimm dich in acht vor Lasplazas! Seine Füße sind tödlich, und er geht in die vollen.»

«Grazier?»

«Er war der Angelhaken für den Fisch. Er hat Lasplazas schon ein halbes Dutzend erstklassisge Täubchen zugeführt.»

«Sumbulowitsch?»

«Er war lästig geworden, und seine Leiche ist eine Provokation.»

«Und du?»

«Ich bin ein guter Freund, dem du einen Gefallen schuldest.»

«Und wenn ich nebenbei Lasplazas umbringe, bist du nicht gerade traurig, stimmt's?»

Cromford schloß die Augen, die neue Situation bestätigend.

«Das hätte einen Preis, einen erstklassigen Preis.»

«Ich arbeite nie für mehr als einen Klienten, und ich habe schon so lange keinen mehr umgebracht, daß ich vergessen habe, wie man das macht.»

Er ließ sein Auto auf der gewollt künstlerisch mit Flußkieseln gepflasterten Straße stehen, hinter sich die Zufahrtsstraßen, die auf die Höhe von Marbella hinaufführen, einem kleinen alten Dorf, das sich nach vorne und seitlich zum Meer hin ausgebreitet hat, in seinem alten Kern aber seinen Wurzeln treu geblieben ist und die andalusische Dorfstruktur mit Nachbarn und Gevattern bewahrt hat. Über dem Eingang strahlte abwechselnd grün und

1 «Zum stummen Grünpapagei»

rot die Leuchtreklame des *Periquito Mudo*. Mit einem Rippenstoß vertagte er den Versuch einer Frage aus dem Mund eines lockigen Jünglings, ging durch den halbdunklen und halbleeren Diskothekenraum unter den Messerstichen der jaulenden Jagdhundmeute durch und stieß die kleine Tür an der Rückwand auf, die zu einer mit einem buntgemusterten Teppich belegten Treppe führte. Er drehte sich kurz um und gab dem inzwischen energisch lallenden und fragenden Jüngling einen Tritt zwischen die Beine. Die Treppe führte ihn zu einer weiteren Tür, und er betrat den Salon eines Bordells aus der Zeit vor dem Koreakrieg, mit einer langen, umlaufenden Polsterbank und einem runden Bett in der Mitte, darüber das Damoklesschwert einer Liberty-Lampe aus blauem Milchglas. Dort saß in einem durchsichtigen, kurzen Hemdchen mit untergeschlagenen Beinen Sherezade. Sie schwitzte im Gesicht und an den Schläfen. Als Carvalho sie schüttelte, klapperte sie mit den Wimpern und antwortete mit Urlauten aus weiter Ferne, als kämen sie aus den tiefsten Tiefen ihres Körpers und sollten ebenso weit in die Ferne gehen. Er sah sich ihre Pupillen an; sie waren stark erweitert. Sie schwitzte Rauschgift aus allen Poren. In einer Ecke kauerte, um nicht bemerkt zu werden, eine alte Eingeborene, betrachtete die Szene und wagte nicht einmal wegzulaufen. Carvalho führte Sherezade zu ihr.

«Gib mir alles, was du von ihr hast!»

Eine Handtasche mit ihren Papieren und etwas Geld. Ein Reiseköfferchen. Carvalho führte das Mädchen zur Treppe. Unten standen wie eine Mauer der lockige Jüngling und Lasplazas. Carvalho zog eine Pistole aus der Innentasche seines Jacketts und entsicherte sie. Als sie an Lasplazas vorbeigingen, blieb das Mädchen stehen.

«Hast du Henri gesehen? Er hat meine Koffer.»

Carvalho stieß sie sanft vorwärts und blieb, zunächst schweigend, vor Lasplazas stehen, als wisse er nicht so recht, was er als nächstes tun sollte. Dann sagte er: «Paß auf! Sie wollen dir an die Kehle, und du wirst danach nicht gerade gut aussehen.»

«Wer hat Ihnen das gesagt?»

Überrascht überblickte Lasplazas das Lokal, die Situation.

«Wer? Wer hat Ihnen das gesagt?» Carvalho antwortete ihm nicht; er war mit Sherezade beschäftigt, die zurück wollte und Lasplazas hartnäckig löcherte: «Hast du Henri gesehen? Er hat meine Koffer!»

Carvalho stieß sie vorwärts und ging selbst rückwärts, um die Bewegungen der beiden Männer unter Kontrolle zu haben. Sein Wille zu gehen war stärker als Doras Kraft. Er brachte sie sozusagen im Flug zum Auto und wartete dann ab, bis sie gekotzt hatte, wobei sich ihr durchtrainierter Körper von der Hauswand zum Bordstein bog. Carvalho kurbelte die Fenster herunter. Eine frische, salzige Brise begleitete sie auf der Fahrt hinunter zum Paseo del Mar, wo Carvalho parkte. Kaum dem Auto entstiegen, erbrach sich Dora wieder, vor dem Hintergrund eines Meeres, das man eher ahnen als sehen konnte.

Dann brachte Carvalho sie nach Torremolinos in ein Hotel. Er legte sie aufs Bett, band ihre Handgelenke mit einem Laken am Rost der Matratze fest und legte sich neben sie, um seine nächsten Reise nach Marbella zu planen. Er wollte sie nur deshalb machen, um herauszufinden, ob es möglich war, Langustencroquetten «ohne jede Reue» zuzubereiten.

Dann döste er vor sich hin, registrierte aber wachsam die nervösen Zuckungen des Mädchens und jedes Geräusch auf dem Flur. Schließlich fiel er in einen tiefen Schlaf und ließ völlig außer acht, was um ihn herum geschah. Er schreckte hoch in der unterbewußten Panik, es sei etwas passiert, was aber nicht der Fall war. Die Panik verwandelte sich in Überraschung. Sherezade hatte sich von ihren Fesseln befreit und bildete auf dem Bett eine seltsame Figur. Nackt, mit dem Kopf knapp über dem Bett, wie der Kopf einer Schlange, hatte sie die Beine über dem Arsch gekreuzt und mit den Händen die Füße gepackt, um die innere Spannung ihres Körpergebäudes auszuhalten.

«Entflechte dich mal, Mädchen, sonst paßt du nicht in mein Auto!»

Telefonisch bestellte er ihr etwas zum Anziehen. Er wollte die Erfahrung der letzten Nacht nicht wiederholen, wo er sie in ihrem luftigen Negligé ins Hotel gebracht und keine bessere Entschuldigung gefunden hatte als die, daß er sie bei einem Schiffsunglück gerettet habe. Deshalb zeigte er auf Sherezade, als sie zur Rezeption gingen, und sagte zum Portier: «Sehen Sie? Jetzt, wo sie sich das Salz abgewaschen hat, sieht sie wieder ganz anständig aus.»

Alles war für den Empfang von Madame Pepita vorbereitet. Sherezade hatte fast während der ganzen Fahrt geschlafen und, kaum in Carvalhos Büro, darauf bestanden, sofort weiterzuschlafen. Biscuters Lotterbett hatte nichts dagegen einzuwenden. Als nun die Chansonette mit pathetischer Geste ins Zimmer trat und mit brechender Stimme ausrief: «Dora! Meine Tochter!» – erstarben ihr Pathos, Stimme und Atmung beim Anblick von Biscuter und Carvalho. Sie waren mitten im Handgemenge mit Schweinefleischbällchen und Scampischwänzen, wie ihr Carvalho angesichts ihres Ekels vor dem Gericht und der Situation erläuterte. Er lud sie ein, mit ihnen zu frühstücken, aber Mme. Pepita schützte merkwürdige, schwer nachzuvollziehende Probleme mit ihrer Linie vor. Ungeduldig blieb sie stehen, während Biscuter ihre Tochter holte und Carvalho kurz den schriftlichen Bericht resümierte, den er ihr in einem Umschlag übergab.

«Alles in allem habe ich sie mit knapper Not aus den Fängen einer Organisation von Mädchenhändlern befreit.»

«Meine Tochter im Libanon! Für immer verloren!»

«Sie werden nicht mehr in den Libanon gebracht. Die dort haben heute weder Zeit noch Lust noch geeignete Gebäude für diese Art von Zerstreuung.»

«Wie geht es ihr?»

«Sie werden sie gleich sehen.»

Mme. Pepita füllte den Scheck aus und gab ihn Carvalho mit der Freude einer guten Mutter, völlig unpassend für jemand, der soeben zweihundertfünfzigtausend Peseten losgeworden war. Die behandschuhte Hand, die den Scheck hielt, erbebte, ebenso die Stimme und der Blick, als Biscuter Sherezade ins Zimmer brachte, eine muskulöse Jugendliche in kurzem Negligé, die am Daumen lutschte.

«Dora, meine Tochter!»

Sie stürzte sich auf sie, und aus der Perspektive der Schlangentänzerin sah es aus, als wälze sich ein weicher, erdrückender Berg über sie, der schwere Düfte verströmte. Das Mädchen wich zwei Schritte zurück, wodurch sie Zeit gewann, den Ansturm der Mutter aufzuhalten und ihre geistige Muskulatur anzuspannen. Sherezades Augen wurden riesengroß, als werde ihr plötzlich klar, was sie wiederfand, wenn sie sich von dieser Mutter wiederfinden ließ. Mit einem geschickten Hüftschwung wich sie dem gefühlvollen Wal aus und war zur Tür hinaus, bevor Carvalho eingreifen konnte. Mme. Pepita rannte, schneller als Biscuter und Carvalho, hinter der Tochter her die Treppe hinunter. Der Detektiv hielt Biscuter mit einer Handbewegung zurück.

«Laß sie! Wir haben schon abkassiert.»

Dann sahen sie vom Fenster aus zu, wie die Schlangentänzerin halbnackt über die Ramblas zum Hafen lief, verfolgt von dieser Mutter in einem Wirbel von Tränen, Pelzen, Schreien und Zärtlichkeiten, die sie wohl nie loswerden würde, denn der Vorsprung der Schlangentänzerin wuchs stetig, während sie sich ihren Weg freikämpfte durch gescheiterte, ausgestoßene Randexistenzen, die sonst schwer zu beeindrucken, aber an diesem Morgen absolut beeindruckt waren.

Ich machte einen Mann aus ihm

Gut betuchte Herrschaften, Nachbarn, über zweihundert Gäste. Sonntagsanzüge sind das Billigste, was man sieht, das Feinste sind Roben auf halbem Weg zur Hochzeit von Prinz Charles und Lady Di. Selbst der Brautführer und Vater des Bräutigams trägt Zylinder, und als die Jungvermählten am Portal der Kirche erscheinen, ist es Reis vom Teuersten, was auf sie herabregnet.

«Ein Hoch auf das Brautpaar!»

«Küßt euch! Küßt euch!»

Filmreifes Hochzeitslächeln. Die Braut, eine wohlproportionierte, gefärbte Blondine mit einem gewissen kindlichen Charme im Blick, nascht mit den Lippen von jedem Gesicht, das sich ihr nähert. Er ist ein kräftiger Bursche, aber bebrillt, und drückt Hände, als sei er das einzige Mal in seinem Leben Mittelpunkt eines so brillanten Spektakels. Neben ihm sein Vater, ein großer, breiter, starker Mann, die Aktivitäten des Sohnes mit der Befriedigung erfüllter Pflicht beobachtend. An seiner Seite eine nichtssagende und zum Nichtssagen verdammte Mutter. Der Vater ist es, der die Kombination von Routine und Protokoll durchbricht und eine totale Ohrfeige in die Luft klatscht.

«Die Fotografen warten nicht, und das Essen auch nicht!»

Gerenne zu den Autos. Festliche Ausrufe der üblichsten Sorte.

«Das Bett auch nicht!»

Manche Leute reservieren sich ihre Fähigkeit, in diesem und im nächsten Leben im Mittelpunkt zu stehen, für derartige Feierlichkeiten und riskieren das Prestige ihrer soliden Mittelmäßigkeit für eine brillante Phrase.

«Heute nacht steckt ihr ineinander», geiert ein erhitzter junger Mann mit gerötetem Gesicht und glänzenden Augen, erregt aber nicht genügend Aufmerksamkeit.

«Ich sagte, heute nacht steckt ihr ineinander!»

Um sich Gehör zu verschaffen, hat er sein verschwitztes Gesicht dem der Braut genähert und starrt in ihren goldbraunen Ausschnitt, bis ihn ein Rippenstoß des Schwiegervaters und Gastgebers beiseite stößt.

«Weg da, aufdringlicher Kerl! Wärst wohl gerne an der Stelle von meinem Sohn!»

«Was würden Sie nicht dafür geben, um selbst an seiner Stelle zu sein, Don Joaquín!»

Die Frage kommt aus der Menge der Gäste, so jovial und unbefangen lausbübisch, daß die Braut lachen muß und Don Joaquín mit ausgebreiteten Armen das unschuldige Opfer eines Dolchstoßes von hinten mimt.

«Es gibt Dinge, die fragt man nicht.»

Es wird auch nicht wieder gefragt werden, während das junge Paar nach dem Fototermin in der lärmenden, alkoholisierten Herzlichkeit des nun folgenden schweißtreibenden Festmahls mit den Gästen plaudert. Im richtigen Moment ein Walzer. Das Brautpaar eröffnet den Tanz während der Torte. Aber nicht sie scheinen die Hauptrolle zu spielen. Es ist der «Padre Padrone», der die Blicke auf sich zieht, mit der Zigarre im Mund, hier und dort den Gästen zuprostend und dem schmächtigen Brautvater auf die Schultern klopfend. Als das Brautpaar den Tanz beendet, ist er es, der die Braut zum nächsten Tanz auffordert. Der Witzbold, der die Platten auflegt, schmuggelt Rockmusik unter die Nadel. Der Alte läßt sich nicht beirren, nimmt es als Herausforderung und würzt den Tanz auf Distanz mit feurigen Blicken, die er der Braut zuwirft und von dieser erwidert werden. Die Gäste haben einen Kreis um sie gebildet. Zu einem gegebenen Zeitpunkt findet der Mann in die Normalität zurück, seufzt erschöpft und verabschiedet sich mit einem Klaps auf den Hintern des Mädchens.

«Los, hol deinen Mann, ich kann nicht mehr!»

Applaus für diese Demonstration von Vitalität. Der Mann strahlt, stürzt sich auf seinen Sohn, betätschelt ihn und präsentiert ihn den Umstehenden.

«Ein Mann! Ich hab einen Mann aus ihm gemacht, eigenhändig!»

Dabei zeigt er die starken Hände eines Arbeiters. Der Sohn zieht angesichts des unvermeidlichen Gefühlsausbruchs des Vaters die Augenbrauen hoch.

«Ich hab mir gesagt, auf dem Land habe ich genug zu essen, aber ich bringe es nie zu was. Also auf in die Stadt! Mit nichts in der Tasche; und sie nahm ich mit.»

Er krault seine Frau wie ein Hündchen, und sie läßt sich kraulen wie ein Hündchen.

«Im Baugeschäft, da sind wir schließlich alle gelandet. Aber der eine bleibt sein Leben lang Hilfsarbeiter, und der andere, wie ich zum Beispiel, macht die Augen auf, krempelt die Ärmel hoch und bringt es zu was. Und dann kam der da und sagte zu mir: ‹Ich will mir die Hände nicht schmutzig machen. Ich will mit sauberen Händen arbeiten.› Da, seht ihn euch an! In seinem Alter ist er schon Geschäftsführer bei der Bank.»

«In einer kleinen Zweigstelle, Papa!»

«Aber bei der Bank! Oder etwa bei einer Zweigstelle vom ‹Corte Inglés›?[1] Es *ist* doch eine Bank!»

Inzwischen tanzen alle. Der Vater fordert zum Trinken auf. Im Tumult trifft er auf seine Schwiegertochter. Er kneift sie in die Wange. Tätschelt ihre Schultern. Der sülzige Blick des etwas angetrunkenen Mannes taucht die junge Frau mit seiner Begierde in ein unsichtbares Melassebad.

«Ich hab Joaquín gesagt, er soll dich eine Woche lang nicht aus dem Zimmer lassen.»

«Was soll ich denn da allein?»

«Nicht allein. Mit ihm natürlich. Und wenn er seiner Aufgabe nicht gewachsen ist, rufst du mich! Ich mach das dann schon!»

1 spanische Warenhauskette

Das Mädchen lacht.

«Also, der hat Ideen!»

Sie geht zum Bräutigam, der grinsend, aber besorgt das Tête-à-tête seines Vaters mit seiner Frau beobachtet hat.

«Worauf wartest du? Nimm sie mit, und laßt uns hier alleine tanzen und essen!»

Der Bräutigam nimmt seine Braut an der Hand. Linkisch, wie zwei verwirrte Tiere, verlassen die den Saal. Aber irgend jemand entdeckt sie und schreit: «Sie gehen! Sie verdrücken sich! Können es kaum erwarten vor lauter Gier! Laßt uns auch noch was übrig!»

Applaus übertönt die immer obszöner werdenden Zurufe. Schließlich verschwinden die jungen Leute. Der Vater hat Tränen in den Augen und läßt sich von seiner Frau in den Arm nehmen.

«Jetzt kommen die Enkel, und ich geh in Rente.»

Es wird dunkel, und vor der Schnauze des Autos tauchen die Ausläufer einer kleinen Stadt auf. Das Schild an der Straße verkündet «Calatayud».

«Calatayud.»

Die Jungvermählten sehen sich an und brechen in Gelächter aus. Er fängt an zu singen, und sie fällt wild gestikulierend ein.

Si vas Calatayud
pregunta por la Dolores
una copla la mató
de vergüenza y sinsabores. [1]

Trarara, tam tam. Erhitzter Frohsinn herrscht im Auto. Der junge Mann steckt den Kopf zum Seitenfenster hinaus und fragt eine Gruppe von Passanten: «Hört mal, wie geht's Dolores?»

Den Passanten gefällt die Frage überhaupt nicht; einer von

1 Kommst du nach Calatayud, / frag nach der Dolores! / Ein Liedchen ließ sie sterben / aus Scham und aus Verdruß.

«Der eine bleibt sein Leben lang…

...Hilfsarbeiter, und der andere, wie ich zum Beispiel, macht die Augen auf, krempelt die Ärmel hoch und bringt es zu was», verkündet der Vater des Bräutigams stolz der Hochzeitsgesellschaft. Grund dazu hat er, auch wenn es vielleicht nicht die feine Art ist, vor allen Leuten so zu protzen.

Sein Sohn Joaquín arbeitet bereits, «ohne sich die Hände schmutzig zu machen», und er weiß inzwischen auch, wie man mehr aus seinem Geld macht, ohne die Ärmel hochkrempeln zu müssen.

ihnen tritt vor und ruft dem davonfahrenden Auto nach: «Die Dolores ist wohl deine Mutter!»

Gelächter im Auto, und der Singsang geht weiter.

«Hast du gesehen, wie der sich geärgert hat?»

«Die Armen. Stell dir vor, wie viele Witzbolde hier durchfahren und dasselbe fragen! Oh, schau doch, Joaquín, wie schön!»

Das schwindende Abendlicht verschönert die phantastische Geologie, die der Ankunft in der Oase des Piedra-Klosters vorausgeht.

«Unglaublich, daß es mitten in dieser ausgetrockneten Gegend so etwas Schönes wie das Piedra-Kloster gibt! Meine Eltern waren auf ihrer Hochzeitsreise hier», sagt sie, und er erwidert sarkastisch: «Meine haben die Hochzeitsnacht in einem Waggon dritter Klasse verbracht. Damit geben sie auch noch an.»

«Nimm's ihnen nicht übel! Dein Vater ist eben stolz darauf, was er erreicht hat.»

«Die paar Peseten.»

«Das nennst du Peseten?»

«Vergiß nicht, daß ich Banker bin, und als Banker kann ich dir sagen, daß das, was mein Vater hat, nicht mehr als ein paar lausige Peseten sind, die dazu noch nach Schweiß stinken. Das große Geld stinkt nicht nach Schweiß.»

«Ich weiß nicht, ich bewundere deinen Vater.»

«Wer nicht?»

Der Mann kaut auf seinen Gedanken herum, während er das Auto durch eine Landschaft im Todeskampf lenkt.

«Ich habe große Pläne. Eines Tages knalle ich meinem Vater so einen Haufen Geld auf den Tisch, wie er ihn nicht verdienen könnte, auch wenn er hundertmal sein Leben lang schuften würde.»

«Wieso deinem Vater? Ihm zeigst du's nur von weitem, und dann gibst du es mir! Wirst du mich mit Brillanten und Pelzen überschütten?»

«Das hab ich vor.»

«Und was krieg ich noch?»

Eine Hand von ihr ist zwischen Hemd und Haut geschlüpft, wie um vor einem plötzlichen Kälte- oder Hitzeeinbruch Schutz zu suchen; der Mann schließt die Augen in der Vorfreude auf kommende Genüsse.

«Wenn du willst, halte ich an, und wir gehen in den nächsten Wald.»

«Hier, ein Wald? Die Gegend sieht aus wie die Wüste Sahara!»

«Er ist ganz in der Nähe. Du wirst gleich sehen, wie schön es dort ist!»

Die wenigen Autos, die ihnen entgegenkommen, tragen schon Respekt vor der einbrechenden Nacht im Gesicht. Ihre Scheinwerfer kämpfen mit dem letzten Licht der untergehenden Sonne.

«Ich fühle mich herrlich frei. Zum erstenmal frei!»

Sagt sie.

«Daß nur wir beide auf der Welt sind.»

Damit haucht sie ihm während der Fahrt einen Kuß aufs Ohr.

«Da, schau!»

Es ist noch hell genug, um das Wunder der Geographie zu bestaunen. In einer Falte der violett getönten Hügel ist das herrliche Grün einer Oase zum Vorschein gekommen.

«Als kleiner Junge war ich mal hier, mit meinen Eltern. Diese Überraschung werde ich nie vergessen. Es lohnt sich wirklich, herzukommen und zu staunen.»

«Wenn du einen Brunnen siehst, halt an!»

«Hast du Durst?»

«Nein. Ich mag Brunnen.»

«Ich weiß noch, wir hatten damals eine Autopanne, nachher, als das Piedra-Kloster schon hinter uns lag und wir nach Alhama de Aragón hinunterfuhren, um ein paar Verwandte zu besuchen. Mein Vater stammt aus der Gegend, aus einem winzigen Dorf… Der Schaden war ziemlich ernst, und wir mußten drei Tage warten. Zuerst machte mein Vater einen Riesenaufstand. Damals konnte er es sich noch nicht leisten, so lange auf der Baustelle zu fehlen. Aber es blieb uns nichts anderes übrig, als zu warten und vor allem den hungrigen Magen zu füllen. Wir waren halb verhungert, und gingen in eine Fonda in Alhama. Das Menü war unvergeßlich!»

«Bestimmt was Tolles.»

«Spiegeleier mit Chorizo.»

«Na ja.»

«Was hast du gegen Spiegeleier mit Chorizo?»

«Von Chorizo muß ich aufstoßen.»

«Wenn ich das gewußt hätte, hätte ich dich nicht geheiratet!»

Der Wald beschützt die Fahrt des Autos und läßt es endgültig Nacht werden. Das Scheinwerferlicht beleckt die Dinge, wie um sie zu ertasten.

«Hättest du mir bloß nichts von Spiegeleiern mit Chorizo erzählt!»

«Stoßen sie dir auf?»

«Nein, aber ich habe Hunger gekriegt.»

Das Hotel vermittelt ihnen übergangslos ein Gefühl von Schlußakt und Müdigkeit. Sie lassen sich die Koffer aufs Zimmer tragen und gehen direkt in den Speisesaal.

«Ich schäme mich so, Joaquín!»

«Wieso denn, Mensch?»

«Schau mal, wie die gaffen. Alle denken, daß wir in den Flitterwochen sind, und du weißt ja, was man von frisch Verheirateten denkt!»

«Und was juckt's dich? Wenn du willst, treiben wir's gleich hier auf der Tischdecke!»

«Du bist ein verrückter Kerl. Ich kenn dich!»

Er ist verrückt genug, seinen unbeschuhten Fuß unter den schützenden Falten der weißen Tischdecke auf Erkundungsreise auszuschicken, den Widerstand ihrer geschlossenen Knie zu überwinden und zum Versprechen einer weichen, heißen Pforte vorzustoßen. Hastig gehen sie auf ihr Zimmer, ohne den Nachtisch abzuwarten. Ein langer, tiefer Kuß, und die Hände suchen die Winkel des anderen Körpers.

«Warte!» sagt sie.

Als sein Mund den ihren freigibt, geht sie zum Fenster und öffnet es. Draußen eine herrliche Nacht über der Kaskade und der üppigen Vegetation im Park.

«Wie schön!»

Er umarmt sie von hinten; seine Hand gleitet unter ihre Bluse und sucht ihre Brust.

«Es kann noch schöner werden.»

Sie entschlüpft ihm und geht ins Badezimmer. Er zieht sich aus und legt sich ins Bett. Macht das Licht aus. Nach einer Weile öffnet sich die Badezimmertür; der Körper der nackten Frau schimmert im Gegenlicht. Sie schließt die Tür hinter sich und kommt zum Bett.

«War es das, was du die ganzen zwei Jahre vor mir geheimgehalten hast?»

«Gefällt es dir nicht?»

«Was weiß ich!»

«Dreckskerl!»

Seine Hände heben sich den Brüsten der Frau entgegen, die sich auf ihn stürzt. Es kommt zu einem totalen Hautkontakt und einer Explosion von Bewegungen der jeweiligen liegenden Wirbelsäulen. Die Zungenspitzen naschen an den Körpern, als wollten sie eine endgültige Sprache ausprobieren, und man weiß wieder einmal nicht, ob die Leichtigkeit des Keuchens aus der Begierde entspringt oder sie weckt. Aber sie haben keine Zeit, dies herauszufinden oder sich auch nur die Frage zu stellen. Jemand klopft an der Tür und überhört das Schweigen, das im antwortet. Er klopft wieder, dreimal. Ein ärgerlicher Joaquín löst sich von dem dargebotenen Körper, bedeckt seine Nacktheit mit einem Handtuch und öffnet mit großer Geste die Tür. Was eben noch Ärger war, schlägt in Überraschung um.

«Du?»

Der Mann hat einen kaputten Rücken und stöhnt jedesmal auf, wenn er sich bückt, um die zusammengefegten Blätter aufzusammeln. Er richtet sich auf, biegt sich nach hinten durch und betrachtet den Park mit feindseligem Blick.

«Der Herbst gehört verboten.»

Er geht den Weg zum Wasser hinunter. Jedesmal, wenn er sich bücken muß, um eine Bierdose oder den Rest einer leeren Flasche aufzulesen, flucht er.

«Der Herbst gefällt mir nicht, Sargento», wird er in ein paar Stunden müde zu dem Zivilgardisten von Alhama sagen.

«Das sagen Sie mir nun schon zum drittenmal.»

«Er gefällt mir nicht, weil dann alles voller Blätter ist.»

«Das notiere ich nicht. Hören Sie auf mit Ihren Blättern! Sie haben ja schon alle weggeschafft. Was geschah dann?»

«Wenn es bloß die Blätter wären! Die Flaschen. Und die Dosen. Und die Plastiktüten. Jedesmal, wenn ich sehe, welche Schweinereien die Menschen hinterlassen, kommt mir die Galle hoch!»

Der Sargento zuckt die Schultern resigniert über den Hang des Zeugen zu moralischen Betrachtungen.

«Lassen Sie Ihre Galle wieder zur Ruhe kommen, und erzählen Sie weiter! Sonst sitzen wir hier die ganze Nacht mit dem Protokoll.»

«So was ist mir noch nie passiert, Sargento! Man ist auf alles mögliche gefaßt, nur auf das nicht. Eigentlich habe ich sofort gesehen, daß da was lag, aber was es wirklich war, sah ich dann erst später. Nachher kam es mir vor, als hätte ich es doch gleich gewußt, aber einfach meinen Augen nicht getraut.»

«Wie lange haben Sie Ihren Augen nicht getraut?»

«Also, das könnte ich nicht genau sagen, Sargento. Vielleicht waren es drei Sekunden, oder eine Stunde.»

«Na, das ist ja toll.»

«Ich weiß noch, daß ich die ganze Zeit fluchte, wie jeden Tag, und ich hatte Zeit, mich laut mit meinem Kollegen von der Stadtreinigung zu unterhalten und zu schimpfen. ‹Hier haben sie gehaust wie die Vandalen!›, und er antwortete: ‹Da müßtest du mal sehen, wie's hier oben erst aussieht!›. Ja, genau das hat er gesagt. ‹Da müßtest du mal sehen, wie's hier oben erst aussieht!›»

Der Zivilgardist hat mechanisch den Dialog zwischen den beiden Gemeindearbeitern mitgeschrieben, bis ihm dessen Sinnlosigkeit bewußt wird. Er seufzt ungeduldig.

«Mann, nicht so weitschweifig, kommen Sie zur Sache! Was nützt es mir oder dem Richter, wenn Sie hier erzählen, was Sie gesagt oder zum Frühstück gegessen haben!»

«Brot mit Käse und eine rohe Zwiebel.»

«Brot mit Käse und eine rohe Zwiebel.»

«Genau, Sargento.»

«Also gut. Jetzt haben Sie gefrühstück, geschimpft und hundertmal auf diese Dreckschweine geflucht, die den Wald so versaut haben ...»

«Genau, Sargento! Genau das habe ich gesagt ... Diese Dreckschweine sollen verflucht sein! Und dann sah ich das alles.»

«Gut, dann beginnen wir mit diesem Zeitpunkt. Sie sagten: ‹Diese Dreckschweine sollen verflucht sein!› Was geschah dann?»

«Verflucht sollen sie sein, diese Dreckschweine! Als ob es so schwer wäre, das alles in den Abfallkorb zu werfen. Natürlich, zum Aufräumen sind ja andere da.»

Der Mann schaut sich zerstreut um, ob seine Augen nicht auf noch mehr Abfall stoßen, und plötzlich konzentriert sich sein Blick auf das ruhige Wasser am Fuß der Kaskade. Er reißt die Augen so weit auf, daß sie ihm beinahe aus dem Gesicht fallen.

«Jesus Maria!»

Er geht zum Rand und starrt auf die beiden Leichen, die dort im Wasser liegen, halb zwischen die Felsen eingekeilt. Ein Mann und eine Frau.

«Großer Gott!»

Er ist wie vor den Kopf gestoßen und weiß nicht, soll er zu den Leichen waten oder zum Hotel rennen. Dann entscheidet er sich für das letztere und bricht in Hilferufe aus.

«Sargento, haben Sie aufgeschrieben, daß ich ‹Jesus Maria› gesagt habe?»

«Ich glaube nicht. Warum?»

«Weil ich es gar nicht gesagt habe. Man muß bei der Wahrheit bleiben.»

«Was haben Sie denn gesagt, wenn man fragen darf?»

«Ich sagte: ‹Verdammte Scheiße›, und dann, als ich mich wieder ein wenig berappelt hatte, ‹Herrgottshurensakrament›.»

«Er war alles, was ich hatte.»

Die Frau hat den Umschlag mit den Fotos geöffnet und breitet sie auf dem Tisch vor Carvalho aus, wie zu einem traurigen Ausverkauf.

«Es sind sogar Bilder von der Hochzeit dabei.»

Ihre Stimme bricht. Hinter ihr räuspert sich ihr Mann immer lauter, ein Hüne, der bis dahin geschwiegen hat und dem die Enthüllungen unangenehm sind, denen er zuhören soll. Als tue es ihm weh, daß seine Frau Carvalho in das tiefe und einzige Geheimnis dreier Menschenleben einweihen würde. Aber die Frau hat ihren ganzen Mut verbraucht, um hierher zum Schreibtisch des Detektivs zu kommen, und bricht schluchzend zusammen, ohne die Fragen beantworten zu können, die ihr Carvalho taktvoll und voller Beileid stellt. Angesichts ihrer Unfähigkeit zu antworten sieht er hilfesuchend den Ehemann an.

«Ich sagte ihr gleich, wir sollten nicht hierherkommen. Es war eine Dummheit. Aber sie wollte unbedingt.»

«Diese Fotos von der Hochzeit. Eine Menge Leute.»

«Es war eine Hochzeit in ganz großem Stil. Einmalig. Joaquín ist unser einziges Kind, also haben wir alles reingebuttert. Dreihundert Gäste. Das sagt alles.»

«Sind Sie mit der Auffassung der Polizei auch nicht einverstanden?»

«Ich bin überhaupt mit nichts einverstanden. Aber es kommt mir sinnlos vor, auf Kleinigkeiten herumzureiten. Eines Tages taucht der Mörder auf, und dann garantiere ich für nichts. Aber sie wollte ja unbedingt hierherkommen.»

Die Frau hat nur noch die Kraft, leise den Namen ihres Sohnes zu wiederholen.

«Es ist wichtig, daß Sie mir etwas über den Jungen erzählen. Wo hat er gearbeitet? Hatte er Feinde? Waren Sie darüber unterrichtet, wie er lebte?»

«Wieso sollte ich nicht Bescheid wissen, ich habe schließlich einen Mann aus ihm gemacht! Er hieß Joaquín, genau wie ich. Aber wir waren sehr verschieden. Er war ein feiner Herr. Ich wollte es so, daß er ein feiner Señor würde. Nie hat es ihm an etwas gefehlt. Wenn der Lehrer sagte, er brauche ein Lineal, kaufte ich ihm das beste. Einen Atlas, natürlich den besten. Ich war mein Leben lang Arbeiter und mußte mir die Hände schmutzig machen, um voranzukommen, obwohl, ich kann mich nicht beklagen, heute bin ich selbständig, Bauunternehmer, und vorläufig weiß ich gar nicht, was das ist, Wirtschaftskrise. Es gibt eine Wirtschaftskrise, sicher. Aber ich habe immer noch Arbeit. Ich kämpfe. Ich weiß aber auch, was es mich gekostet hat und wie viele Kröten ich runterschlucken mußte. Und immer hab ich gesagt: ‹Du nicht, mein Junge, du nicht! Du lernst rechnen und wirst immer mit weißem Hemd und Krawatte arbeiten.› Das hab ich ihm von klein auf eingebleut. ‹Eine Bank. Sieh dir das an, wie gut diese Bankangestellten leben, und wenn du schlau bist, schaffst du es und kommst ganz nach oben. Der Direktor der Bankfiliale, mit der ich meistens zusammenarbeite, hat als Laufbursche angefangen, und wie weit hat er's gebracht!› So ging es jeden Tag. Gehirnwäsche. ‹Du bist schlau, Joaquín, und deshalb wirst du ein großes Tier. Schwätzer gibt's jede Menge, Schlauköpfe schon weniger, und Schlauköpfe, die es zu etwas bringen wollen, die kannst du an einer Hand abzählen. Das hab ich in meiner Branche gesehen, und in deiner wird es nicht anders sein, Junge›.»

Der Mann senkt den Kopf. Carvalho will sich seinem Schmerz nicht stellen und wühlt in den Fotografien herum.

«Die Erklärung der Polizei ist überzeugend. Ein Landstreicher oder mehrere. Sie beobachten die naheliegenden Liebesbezeugungen eines jungvermählten Paares und schlagen zu, vielleicht nicht mit der Absicht, sie umzubringen, aber schon, um eine Weile ihren Spaß zu haben und vielleicht auch, um das Mädchen zu mißbrauchen. Er verteidigt sie, sie schießen. Das kommt jeden Tag vor.»

«Mein Sohn war kein Schläger. Ich hab ihm immer eingeschärft: ‹Wenn du Prügel kriegst, überleg's dir gut, ob du zurückschlägst, weil du dann vielleicht noch mehr Prügel bekommst.› Außerdem, was hatten sie so früh morgens im Park zu suchen?»

«Woher soll man das wissen? Vielleicht gingen sie nur ein wenig spazieren?»

«In der Hochzeitsnacht?»

«Bei den jungen Leuten weiß man nie.»

«Das stimmt nicht. Mein Joaquín war ein reifer Mann. Der machte keinen Quatsch. Ich hab ihn von klein auf ordentlich erzogen.»

«Kurz und gut, Sie glauben also nicht an die Erklärung der Polizei.»

«Nein. Aber eines Tages wird alles ans Licht kommen.»

«Und wie?»

«Ein Racheakt. Ich habe vieler Neider. Das Bauwesen ist ein Dschungel, und genau wie im Dschungel muß man sich mit der Machete in der Faust seinen Weg bahnen.»

«Um sich an Ihnen zu rächen, haben sie Ihren Sohn umgebracht?»

«Das ist es.»

«Ziemlich hinterwäldlerisch.»

«Glauben Sie das nicht! Die brutalsten Sachen habe ich in der Stadt erlebt, nicht auf dem Land.»

«Und was ist mit der Familie der Braut?»

«Charakterloses Volk. Haben nicht mal das Schwarze unterm Fingernagel. Ich glaube, sie betreiben einen Obststand in der Markthalle von Ninot. Schade um das Mädchen. Auf den Fotos ist sie nicht gut getroffen. In Wirklichkeit war sie ein Schmuckstück.»

«Schließen Sie sich dem Wunsch Ihrer Frau an? Soll ich den Fall übernehmen? Ich will Sie nicht dazu überreden, Ihr Geld zum Fenster hinauszuwerfen.»

«Das habe ich nie getan. Aber was soll ich jetzt damit, wo mein Joaquín nicht mehr ist? Es geht mir nicht darum; ich habe einfach was dagegen, immer wieder in dieser Scheiße herumzustochern. Außerdem wird mein Junge davon auch nicht mehr lebendig, egal, was wir tun.»

«Ich will, daß Sie den Fall übernehmen. Wenn du es nicht bezahlst, dann tu ich es.»

Es ist die schwache, aber entschiedene Stimme von ihr, die sich über den massigen Körper ihres Mannes hinwegsetzt. Er dreht sich nicht einmal nach ihr um, sondern beugt sich vor zu Carvalho, wie erschlagen von der Durchschlagskraft der Stimme seiner Frau, und nickt zustimmend.

«Ist gut, Frau. Wie du willst!»

Wenn Joaquín Tauste ein Selfmademan ist und seinen Sohn aus einem Klumpen Lehm nach seinem Bild geschaffen hat, so gilt dasselbe auch für sein Haus in einer Stadt, die von Barcelona verschlungen worden ist. Ein schiefergedecktes Chalet in Erwartung möglicher alpiner Schneefälle. Unter den hochgezogenen Brauen des Schiefers eine Mustersammlung der edelsten und teuersten Materialien, die sich ein Bauunternehmer mit Anspruch auf Rabatt leisten kann. Während das Haus von außen wie ein Musterkatalog für reiche Bauherren aussieht, so scheint es drinnen von einem Spezialisten für aufwendige Hollywood-Alpträume eingerichtet. Das Ehepaar Tauste praktiziert eine Politik der offenen Tür; Carvalho schreitet durch die Wohnung und bemächtigt sich aller Details dieser naiven Pracht. Die Frau verschwindet, sobald sie sieht, daß Carvalho sich zurechtfindet, und der Mann folgt ihm überallhin, eher wie ein dienstbarer Schatten als einer, der gefährdetes Eigentum bewacht.

«Gab es irgendein schlimmes Ereignis im Leben Ihres Sohnes? Jede Erinnerung kann hilfreich sein. Ein Streit. Ein Groll, auch wenn er alt ist. Auch aus der Kindheit.»

«Nichts Ernstes.»

«Auch die unernsteste Kleinigkeit ist wichtig, an die Sie sich erinnern.»

«Nein, mir fällt nichts ein. Das Leben meines Sohnes war immer glasklar.»

Glasklar und erstklassig.

«Wo ist das Zimmer Ihres Sohnes?»

«Oben.»

Eine Treppe, wie geschaffen für Olivia de Havilland, die, in langen Gewändern, die sich über einem Reifrock bauschen, herabschreiten würde und mit zarter Hand den gestärkten Florentiner Hut daran hindert, auf und davon zu fliegen. Oben eine geräumige Diele, von der die Schlafzimmer abgehen. Das des Opfers ist ein Raum zwischen Jugend und Erwachsenenalter. Ein Poster der Rallye Monte Carlo und eins mit der spärlich genug bekleideten Bo Derek, silberne Pokale in einer Museumsvitrine neben einem Tischfußball aus einer der alten Spielhallen.

«Diese Pokale. Trieb er Sport?»

«Nicht übermäßig. Die Pokale bekam er von mir, von klein auf. Immer wenn er mir eine große Freude machte, beim Lernen oder was auch immer, kaufte ich ihm einen Pokal.»

«Und Sie ließen sie auch gravieren?»

«Manchmal. Hier, lesen Sie! ‹Für Joaquín Tauste als Prämie für die erste Abschlußprüfung. Weiter so!›»

«Weiter so.»

«Ja, das sollte ein kleiner Anreiz sein. Der Graveur war ein guter Freund von mir. Hier, sehen Sie den, den ich ihm fürs Abitur geschenkt habe!»

Dieser Pokal ist natürlich größer. Carvalho nimmt sich vor, nach wirklich persönlichen Gegenständen des Toten zu suchen, befürchtet aber, daß selbst die Luft, die er atmet, von diesem alles dominierenden Vater stammt. Joaquíns Mutter ist im Hintergrund wieder zu sehen, am Tisch im Eßzimmer sitzend, abwesend und ohne Teilnahme an dem, was um sie herum geschieht. Durch zwei offene Türen wirft ihr Carvalho einen Blick zu, während er weiter das Junggesellenzimmer unter die Lupe nimmt. Ein Poster von Angel Nieto. Ein Parkverbotsschild. Auf einem Bord eine Sammlung von Elefanten. Drei Bücher: *Die dritte Welle, Emanuelle, Tahiti liegt bei Barcelona.* In den Schachteln, die einmal blonde Filterzigaretten beherbergt haben, ein Nagelknipser, Zigarrenetiketten und Postkarten, die Carvalho ohne allzu großes Interesse beäugt. Anzug neben Anzug. Ein Smoking. Eine Brieftasche. Ein Etui für Kreditkarten und dazwischen auch Ausweise von Privatclubs. *Regine, Up and Down, Rivelino's ...* Erstaunt schüttelt Carvalho den Kopf.

«*Carajo!* Dieser Joaquín!»

Er sucht sich einen von den Ausweisen heraus und steckt ihn ein. *Club Lion.* An einer anderen Wand hängt eine Landkarte, *Planisphère Decorative,* und darin stecken eine Menge Fähnchen an den unwahrscheinlichsten Stellen: Baku in der Sowjetunion oder Mazatlán in Mexiko. Carvalho wird immer nachdenklicher, je länger er sich in die Landkarte vertieft. Er wirft einen Blick durch die offenen Türen, und die Alte sitzt immer noch dort, ins Leere starrend, reglos. Er geht zu ihr. Seine Anwesenheit ändert nichts an ihrer Haltung.

«Wissen Sie, was diese Landkarte mit den Fähnchen zu bedeuten hat?»

«Er hat von klein auf Orte markiert, die er interessant fand. Manchmal studierte er irgendwas, ich weiß nicht was, lief dann plötzlich zu der Landkarte und steckte ein Fähnchen hinein.»

Es ist der Mann, der gesprochen hat. Er steht im Halbdunkel, an die Wand gelehnt. Wie um den Schmerz seiner Frau mitzuerleben oder zu bekräftigen.

Jede Generation hat einen anderen Begriff von Solvenz und dementsprechend eine unterschiedliche Ästhetik dafür. Die Banken der älteren Generation stellten den Versuch dar, dem Geld einen sakralen Nimbus zu verleihen, indem man Jugendstilarchitekten und -bildhauer anstellte, um aus ihrem grauen steinernen Fleisch die Muskulatur der Arbeit herauszumeißeln, die die Tresore mit Geld speist. Als die Massen zu sparen begannen, förderte dies den Bau kleiner, funktionalistischer Stadtteilfilialen, möglichst an einer abgeschrägten Straßenecke, die rasches Parken und schnelle Erledigung des unvermeidlichen Einzahlungs- und Abbuchungsvorgangs ermöglicht. Aber trotz der Funktionalität versichert stets irgendein luxuriöses Detail dem Kunden, daß er sich nicht auf wertlosem Gelände, sondern im Tempel seiner eigenen finanziellen Sicherheit befindet. In dieser Kleinstadtfiliale am Rand von Barcelona fungiert eine Bronzekaravelle auf ebenfalls bronzenen Wellen als dieses Symbol eines primitiven Wohlstands. Aber Carvalho versucht nicht zu erraten, welche der möglichen Interpretationen nun die richtige ist: «Ihr Geld segelt in einen guten Hafen», oder «Diese Bank ist ein Hort legaler Piraterie», oder eine optische Paraphrasierung des Mottos «Seefahrt tut not», soll heißen «Investieren tut not». Alarmanlage, ein Wachmann mit der rituellen Pflicht, auch im harmlosesten Kunden einen möglichen Bankräuber zu sehen, und Angestellte, die dem zu erwartenden Pessimismus von Leuten zum Opfer gefallen sind, die regelmäßg zweimal im Jahr Opfer eines Überfalls von Bankräubern werden, die wahrscheinlich auf diese Filiale abonniert sind.

«Den Direktor bitte.»

«Worum handelt es sich? Ich bin der kommissarische Geschäftsführer.»

«Ich will mit dem Direktor sprechen. Es kann auch der kommissarische Direktor sein.»

Er zeigt seinen Detektivausweis. Der Direktor kommt, begrüßt ihn und sagt als erstes: «Ich hoffe, Sie haben es nicht laut herausposaunt, daß Sie Privatdetektiv sind.»

«Nein.»

«Zum Glück. Stellen Sie sich das vor! Die Polizei ist eine Woche lang hier ein und aus gegangen, und jetzt ein Privatdetektiv! In diesen schwierigen Zeiten! Die Ereignisse überstürzen sich, und es ist schwer genug, diese Stadtteilfiliale zu halten.»

Er sieht aus wie sechzig, müßte aber um die Vierzig sein, oder umgekehrt: Er ist vierzig, sieht aber aus wie sechzig.

«Wer könnte Don Joaquín etwas abschlagen, vor allem, wenn es um seinen unglücklichen Sohn geht!»

«Ist Don Joaquín Kunde bei Ihnen?»

«In der Tat. Einer der ersten und solidesten. Ich will damit nicht sagen, daß … nun … Ich kann Ihnen nur sagen, er ist einer von den Kunden, mit denen es niemals Ärger gibt.»

«Der Sohn kam hier mit Hilfe des Vaters unter?»

«Ja.»

«War er fähig?»

«Ihm blieb gar nichts anderes übrig.»

Er lacht, während er mit den Fingern über seinen Schreibtisch fährt, als suche er etwas und wisse nicht, was und wo.

«Warten Sie! Wo hatte ich doch meine Zigaretten …»

«Während der Arbeit rauche ich nicht.»

«Ich rauche überhaupt nie. Die Zigaretten habe ich nur für die Kundschaft. Aber ich kann sie nie finden.»

«Warum blieb ihm gar nichts anderes übrig, als fähig zu sein?»

«Weil sein Vater ihn dauernd kontrollierte. Nicht despotisch, eher liebevoll. Etwas demütigend, natürlich, ich hätte es als demütigend empfunden. Der Junge kam zum Beispiel vor zehn Jahren hier in den Betrieb, und am ersten Tag tauchte der Vater auf, in der Sekunde, als geöffnet wurde, und zahlte zur Feier des Anlasses eine beachtliche Summe ein. Verstehen Sie? Der Junge war viel sensibler. Er hatte Ökonomie studiert, in anderen Kreisen verkehrt. Aber hier war er ewig der Sohn von Don Joaquín, bis er Geschäftsführer wurde.»

«Nichts Ungewöhnliches.»

«Nein.»

Aber der Direktor blinzelt allzu schnell mit den Augen.

«Ich habe das Gefühl, irgend etwas stimmte nicht. Auch der Mond hat seine Flecken.»

«Na ja, Kleinigkeiten. Ab und zu reagierte er gewalttätig, sogar aggressiv. Vor Jahren mußten wir ihn von einem Kollegen trennen, den er regelrecht zusammenschlug.»

«War er so stark?»

«Unheimlich. Ein erstklassiger Karateka.»

«Karateka?»

«Erste Klasse.»

Der Wachmann legt Carvalho eine bleischwere Hand auf die Schulter.

«Bin ich jetzt verhaftet?»

«Sehr witzig. Vorläufig noch nicht. Aber sehen Sie sich mal die Frau dort draußen an! Sie versucht die ganze Zeit, hereinzuschauen. Gehört sie zu Ihnen?»

«Nein.»

Die Frau mochte um die Vierzig sein. Verwelkte Schönheit, der Verfall betont durch fiebrig glänzende Augen und das Bestreben, den Trenchcoat eng um den Körper zu raffen und ihn am Kragen mit den Händen zuzuhalten, um die Wärme nicht entweichen zu lassen. Als sie sieht, daß Carvalho die Bank verläßt, versucht sie, ihm unbemerkt zu folgen. An einer Straßenecke bleibt sie stehen und lehnt sich an die Hauswand. Sie schwitzt. Sie schließt die Augen, öffnet sie aber sofort wieder, um Carvalho nicht zu verlieren; gerade noch rechtzeitig, denn die Ampel ist auf Gelb umgesprungen, und Carvalho ist bereits auf der anderen Straßenseite. Sie stürzt auf die Fahrbahn und hastet hinüber.

Obwohl einschlägige Gourmet- und Gourmandzeitschriften seine Wahl bestätigen, ist es doch ein mächtigerer Impuls, der Instinkt, der Carvalho immer wieder zur *Casa Leopoldo* führt, einem erstklassigen Restaurant am Anfang des Barrio Chino. Instinkt und Erinnerung. Instinkt des verwirklichten und Erinnerung des imaginären Gaumens aus jener Zeit, als die *Casa Leopoldo* das Mekka eines Viertels ohne andere gastronomische Fixpunkte war als die Abenteuer von Hunger und Sättigung, die die Helden der Kinderbücher der Nachkriegszeit erlebten. Es ist ein bevorzugter Ort für Verabredungen mit Leuten, die die Freuden von Essen und Trinken zu schätzen wissen und bereit sind, sich von den opulenten Platten mit Fisch und Meeresfrüchten in Begeisterung versetzen zu lassen, mit denen Germán – Erbe eines alteingesessenen Restaurants und einer der besten katalanischen Experten für *cante hondo* und Stierkampf – seine ebenso süchtige wie von seiner Inspiration als *maître* überzeugte Klientel verwöhnt. Germán weiß, daß Carvalho ihm die Wahl überläßt, und gibt in der Küche dem Kaliber des Gastes entsprechende Anweisungen: Glasaale mit Entenschinken, gebratene Sepias, Scampi, *pescadito frito* – alle verfügbaren Meeresfrüchte. Für den Fall, daß der Appetit damit noch nicht gestillt sein sollte, hat Germán noch einen Fisch für vier in petto, der mit ziemlicher Sicherheit in den Mägen von Carvalho und seinem einzelnen Tischgenossen landen wird. Wer es wohl heute ist? Germán schlägt Carvalho einen Weißwein aus dem Penedés vor, von dem er weiß, daß er ihn schätzt, aber der Detektiv ist mit dem Verlangen nach einem Waltrau aus Torres hergekommen, dessen Namen er sich eingeprägt hat.

«Bist du mit einem Waltrau einverstanden?»

Sein Tischgenosse bringt ihm das gebührende blinde Vertrauen entgegen.

«In diesen Dingen entscheidest du. Wozu fragst du mich? Ach so, *Club Lion*. Keine Ahnung.»

Vor ihnen stehen schon der Salat und mit Tomate eingeriebenes Toastbrot, und nun wird eine Platte mit Glasaalen und Entenschinken aufgetragen.

«Das habe ich noch nie probiert!»

Carvalhos Begleiter ist wie ein dynamischer Manager gekleidet und staunt, als noch eine Platte mit *pescadito frito* aufgetragen wird.

«Das ist nur der Auftakt.»

«Nicht schlecht für den Anfang. Ich wußte gar nicht, daß ein Essen mit dir so ein denkwürdiges Ereignis werden kann!»

«Was macht das Geschäft?»

«Mit der Werbebranche geht's bergab. Das Fernsehen frißt alles auf, und ein paar Großfirmen mit ihren bevorzugten Agenturen.»

«Eure gehört doch dazu.»

«Schon, aber man ist von immer weniger Auftraggebern abhängig, das ist gefährlich. *Club Lion* ... Noch nie gehört, aber ich kann beim Zivilgouverneur anfragen, ob er registriert ist.»

«Sind die nicht alle registriert?»

«Natürlich nicht. Es gibt Geheimclubs, wo man spielt oder sonst was, und die werden nicht registriert. Sie werden aufgemacht und verschwinden so schnell wie möglich wieder von der Bildfläche, wenn sie ihren Zweck erfüllt haben. Erinnerst du dich noch an das Modespiel damals, vor ein paar Jahren? Das Pyramidenspiel? Dafür wurden eine Menge Privathäuser in Spielclubs umfunktioniert.»

Schweigen, das ernste Geschäft eines guten Essens, die Vorfreude auf den nächsten Gang, der den vorangegangenen in nichts nachstehen wird. Kleine Sepias, Scampi, kleiner Kaisergranat.

«Hör mal, ich muß heute abend noch arbeiten.»

«Es sind leichte Sachen, gut verdaulich. Ist es für einen Mann wie den, den ich dir beschrieben habe, leicht, eine Mitgliedskarte für diese Privatclubs oder auch renommierte Nachtlokale zu bekommen?»

«Ein hoher Bankangestellter, sagst du? Vielleicht arbeiten diese Unternehmen sogar mit seiner Bank zusammen.»

«Das paßt nicht zu der Person.»

Carvalho gibt ihm ein Foto.

«Also, das ist doch ein bekanntes Gesicht! Ich kenne ihn irgendwoher. Was, noch mehr?»

Der Chef des Restaurants bringt ihnen eine Goldbrasse für zwei, aufgeklappt, gegrillt und danach langsam im Backofen gegart, saftig. Carvalho sieht ihn die ganze Zeit nachdenklich an.

«Er denkt, wir steuern direkt auf eine Ernährungskatastrophe zu. Verdrücke nicht erst morgen, was du heute schon verdrücken kannst!»

«Es könnte auch ein gastronomischer Club sein.»

«Der *Club Lion*?»

«In letzter Zeit sind hier ähnliche Vereinigungen wie die baskischen Kochzirkel entstanden. Eine Gruppe von Freunden tut sich zusammen, mietet ein Lokal, installiert ein paar phänomenale Herde, richtet einen guten Weinkeller ein, und die Kocherei geht los.»

«Diese Stadt wird allmählich zivilisiert.»

«Neulich gab es einen Film im Fernsehen, der mich nachdenklich gemacht hat. Er hieß *Cherie Bitter*. Hast du den gesehen, Pepe?»

«Nein.»

«Es geht um ein amerikanisches Paar, an der Universität. Von den dreißiger Jahren bis heute. Er ist einer von den Lauwarmen, die sich mit allem arrangieren, und sie kämpft immer für die verlorene Sache. Sagt dir das nichts?»

«Im Moment nicht.»

«Jedesmal, wenn es mir so gut geht wie jetzt, wenn ich gut gegessen habe, von Sicherheit und Zufriedenheit umgeben bin, denke ich daran, wie wir mal waren. Hättest du gedacht, daß du mal so zufrieden sein würdest, wie du jetzt bist, nach einem ausgezeichneten Essen? Ich glaube, wir haben unsere ganzen Jugendträume mit der Vorbereitung des Sturms auf das Winterpalais verschwendet, und schließlich müssen wir zugeben, daß Glasaale und Entenschinken viel besser sind.»

«Jeder Vergleich hinkt.»

«Der eine mehr, der andere weniger. Weißt du noch, wie ich ein studentischer Held war, den Francos Polizei gefoltert hatte? Oder du selbst, mehr oder weniger in derselben Lage?»

«Du warst immer der größere Held, der mehr gefoltert wurde.»

«Vielleicht ist deshalb der Kontrast um so größer. Ich empfinde es so. Obwohl ich immer noch in Ehrfurcht vor den Versprechen erzittere, die wir uns gegeben haben, und immer noch dazu tendiere, die Macht abzulehnen, als sei Macht immer *per se* pervers. Vor ein paar Tagen las ich einen Satz von einem Schriftsteller, mehr oder weniger in unserem Alter, etwas jünger vielleicht. Eduardo Mendoza. Hast du was von ihm gelesen?»

«Ich lese nicht mal die Werbung aus dem Briefkasten.»

«Also Mendoza sagt: Unter den Träumen unserer Generation fehlte der von der Macht. Was lachst du?»

«Keiner hätt's gedacht.»

«Doch, es stimmt. Wir alle haben Macht und verteidigen unsere Machtparzelle.»

«Ich habe keine.»

«Jeder hat etwas Macht und übt sie aus. Irgend jemand ist abhängig von dir. Du bist die Macht. Natürlich ist die Staatsmacht etwas anderes. Wie viele Freunde sind heute Gouverneure, Bürgermeister, sogar Minister?»

«Ich hatte nie viele Freunde und führe nicht Buch über ihre Karriere.»

«Tu doch nicht so desillusioniert.»

Gleich zeigt er mir Fotos von den Kindern, von der Villa, von der acht Meter langen Yacht, von der Reise nach Ägypten an der Anlegestelle dieses Hotels in Assuan, das aus *Tod auf dem Nil*.

«Bestimmt hast du *Tod auf dem Nil* gesehen?»

«Nein.»

Mit zufriedener, verheißungsvoller Geste greift der andere zur Brieftasche und wählt die wichtigsten Fotos aus, die sie enthält. Carvalho stellt sich darauf ein, die Geschichte des Nils anzuhören, aber sobald die Fotos privater werden, schützt er einen plötzlichen Einfall vor, «apropos Fotografien …», und schmuggelt das Bild von Joaquín Tauste ins nostalgische Album seines Bekannten.

«Wer ist das?»

«Die Person, von der ich dir erzählte.»

«Ah.»

Er fühlt sich zu einem Kommentar verpflichtet, aber seine ganze Denkfähigkeit ist auf den unterbrochenen Diskurs der eigenen Erinnerung ausgerichtet. Carvalho gesteht ihm die Fotos der Kinder zu. Sein Ältester hat sich gerade an der wirtschaftswissenschaftlichen Fakultät eingeschrieben.

«Er ist verdammt konservativ. Wenn ich nicht aufpasse, stimmt er für Pujol.»

Trotzdem bittet er ihn beim Abschied um das Bild von Joaquín.

«Gib her! Man kann nie wissen. Ich sage dir, ich kenne das Gesicht.»

Carvalho geht durch die Calle San Olegario zur Conde del Asalto, auf die Ramblas und zu seinem Büro. In wenigen Metern Abstand folgt ihm die Frau vom Vormittag. Sie wirkt ruhiger, als hätte sie den richten Dreh bei der Beschattung herausgefunden. Zu gleicher Zeit wie Carvalho erreicht sie einen Kiosk auf den Ramblas. Der Detektiv kauft eine Tageszeitung, sie die Zeitschrift *Lecturas*, nur um irgend etwas zu kaufen. Carvalho geht in die Bar, wo Bromuro sich als Schuhputzer betätigt, und stellt ihm mit einem einfachen «Guten Abend» den Schuh vor die Nase.

«Hast du's eilig?»

«Jawohl, und ich will etwas wissen.»

Bromuro steckt sich einen Finger ins Ohr, als kratze er sich, und bemerkt: «Jetzt ist es sauber. Los, spuck's aus!»

«Private Spielclubs.»

«Von der Diagonal an aufwärts.»

«Leute, die so was aufziehen, beschützen und wieder verschwinden lassen.»

«Gibt's, aber erst von der Diagonal an aufwärts, das sag ich dir, Pepe. Hier brauchst du nicht nach so was zu suchen!»

«Aber vielleicht hast du schon mal Namen von Leuten oder Clubs gehört. *Club Lion*, zum Beispiel.»

«Keinen blassen Schimmer.»

«Joaquín Tauste.»

«Bei ihm zu Hause werden sie ihn schon kennen.»

«Was ist mit diesem Gesicht?»

Der Schuhputzer legt den Kopf schief, um besser sehen zu können.

«Das Mädchen hat was!»

«Und er?»

«Ein Allerweltsgesicht, mehr nicht. Den hab ich im Leben noch nie gesehen. Was treibt der Junge?»

«Er vergammelt auf dem Südwestfriedhof.»

«Wir sind nichts! Und sie?»

«Leistet ihm Gesellschaft.»

«Autounfall?»

«Schußunfall. Sie wurden mit zwei Schüssen getötet.»

«Dreckskerle, so ein hübsches Mädchen! Lieber Gott, wie wenig hast du uns mitgegeben, und sie brauchen so viel! Ich kannte mal einen sehr belesenen und beschriebenen Herrn, der für alles eine Theorie parat hatte, und dem erklärte ich meine Philosophie. ‹Da sehen Sie›, sagte er, ‹wie schlecht alles eingerichtet ist, und dann kommen die Priester und behaupten, die Welt sei gut.› Eine Frau kann sich zwanzigmal hintereinander vögeln lassen und hat Spaß dabei, und ein Mann – wenn er es auf fünfmal bringt, kann man schon Hamburger fürs Sonderangebot aus ihm machen. Ist das gerecht? Eine Frau hat genug für eine Menge Männer. Ein Mann dagegen schafft gerade das Nötigste und pfeift schon aus allen Löchern. Hast du dich schon mal hingesetzt und darüber nachgedacht? Nein. Und ich will dir auch sagen, warum nicht. Weil wir ein Haufen Machos sind!»

«Du auch, Bromuro?»

«Wieso nicht? Ich bin ein Mann von heute, also, aus meiner Zeit. Ich erzählte das alles diesem gebildeten Señor, und er meinte: ‹Gott hat die Frau unersättlich gemacht und den Mann beschränkt, damit sich die Erde nicht mehr als nötig bevölkert, nicht zuviel und nicht zu wenig.› Ist der Wissenschaftler nicht zum Kotzen? Es gibt Leute, die den letzten Dreck noch positiv sehen.»

Die Frau ist immer da. Mal lehnt sie an einem der Bogenpfeiler, mal streift sie umher unter der Fauna alter Menschen, die sich sonnen, Kinder, die Stierkampf spielen, und Dealern weicher und harter, langsamer und schneller Drogen.

Biscuter nimmt es Carvalho übel, wenn er im Restaurant ißt.

«Auswärts essen macht den Magen kaputt. Früher oder später rächt sich das, Chef! Und ob! Merken Sie nichts von schlechtem Atem, Chef? Zeigen Sie mir mal Ihre Zunge!»

Nein, er will ihm die Zunge nicht zeigen. Aus der Kochecke rezitiert Biscuter die Speisenfolge, die er zubereitet hätte, wenn Carvalho ihm mehr vertrauen würde als den Restaurants. «Außerdem kostet es ein Heidengeld! Einmal im Jahr, gut, an einem richtigen Feiertag, Kirchweih oder Namenstag zum Beispiel. Wie lange haben Sie schon Ihren Namenstag nicht mehr gefeiert, Chef?»

«Meine Eltern waren Atheisten.»

«Und den Geburtstag?»

«Seit 1963 werde ich nicht mehr älter.»

Biscuters Litanei ist ein akustischer Hintergrund, den er braucht und der seine Verbissenheit in den Fall Tauste mildert. Carvalho meditiert im Halbdunkel seines Büros. Eine klare Geschichte, kompliziert vom Wunsch einer Mutter, ihren Sohn über den Tod hinaus zu besitzen.

«Nicht mal nach dem Tod hast du dich aus den Klauen deiner Eltern befreit.»

Unmöglich, mit der Fotografie einen Dialog zu führen; das Telefon unterbricht mit seinem Klingeln das wachsende Ohnmachtsgefühl, das Carvalho zu überwältigen droht.

«Hier Paco Rodés. Hör mal, wieso hast du mir nichts vom Doppelleben deines Freundes erzählt?»

«Von welchem Freund?»

«Na, dessen Fotografie du mir beim Essen gegeben hast»

«Joaquín Tauste?»

«Jawohl, besser bekannt als Toni. Ich hab mir die Mühe gemacht, mich beim Amt des Zivilgouverneurs nach dem *Club Lion* zu erkundigen, und tatsächlich, es war ein Privatclub, der im letzten Frühjahr kurz auf- und wieder zugemacht wurde. Über Joaquín wird einiges gemunkelt. Man wollte mir nichts Genaues sagen, aber es gibt Gerüchte.»

«Es wird doch nicht der Vater sein?»

«Nein, der Sohn. Probleme auf höchster Ebene. So weit oben, daß sie mir nichts sagen wollten. Hör mal, ich mußte deinen Namen nennen und kurz erklären, worum es geht. Schlimm?»

«Geschehen ist geschehen. Jetzt krieg ich die Polizei auf den Hals. Aber das mußte irgendwann sowieso kommen. Gab es irgendwelche Festnahmen im Zusammenhang mit dem *Club Lion*?»

«Ein Argentinier namens Montalbetti mußte für das zerschlagene Porzellan bezahlen. Er ist im Modelo-Gefängnis, oder war es wenigstens bis vor kurzem. Aber selbst wenn er noch sitzt, wird es nicht für lange sein. Seine Hintermänner sind hohe Tiere.»

«War Joaquín Tauste jr. vorbestraft?»

«Nein, er ist nicht mal irgendwann festgenommen worden. Aber sie haben eine komplette Akte über ihn, und der Gouverneur sagte wörtlich – ich wiederhole: wörtlich – zu mir: ‹Ein dicker Fisch, dieser Tauste›.»

Ein dicker Fisch, dieser Tauste, und sie, Don Joaquín, hatten keine Ahnung? Oder vielleicht doch, aber Sie stellten sich blind gegenüber der Tatsache, daß weder das Leben noch die Kinder so sind, wie wir sie haben wollen?

«Hättest du gern einen Sohn, Biscuter?»

«Sehr gerne sogar, Chef, und wenn Sie die Wahrheit hören wollen, ich weiß nicht mal genau, ob ich nicht einen habe.»

Der häßliche Zwerg ist wieder ins Zimmer gekommen, um mit seinem schmächtigen Körper und seinem asthmatischen Atem der Geschichte Nachdruck zu verleihen, die sein vielsagendes Schweigen verheißt. Carvalho hat die Hände zusammengelegt und sich im Sitz zurückgelehnt; das ist das Zeichen, daß er bereit ist, zuzuhören.

«Also, ich hatte mal eine Freundin in Andorra, Chef, kurz bevor Sie mich im Gefängnis von Lérida kennengelernt haben. Ich arbeitete als Einkaufsbursche in einer Hotelküche in Andorra und hatte immer einen Tausender in der Brieftasche. Jung und gut betucht, Chef, stellen Sie sich das vor! Sie war ein Lehrmädchen, und wie es eben so geht, wir trieben es an einem Tag und am nächsten wieder. Ich bin sehr leidenschaftlich, Chef, und wenn man mir eine Frau vorsetzt, werde ich wild. Ich sehe anders aus, als ich bin; weil ich so schmächtig aussehe, halten mich die andern immer für schwul oder für 'ne Jungfrau. Wissen Sie noch, damals, als mich der fette Koch im Knast in Lérida ficken wollte?»

«Felix, der Abtreiber.»

«Ich sah seinen Schwanz schon in mir drin, Chef. Weil Antonio, ‹der Schwarzarsch›, mitmachte. Erinnern Sie sich an die Type, Chef? Dem war's egal, wo er ihn reinsteckte, Hauptsache, was Warmes. Also, mit dem Mädchen damals ging es auf und ab, und sie wollte mich heiraten und sagte, sie hätte ihre Tage nicht gekriegt. Ich sah mich schon eingefangen, und am Wochenende mopste ich einen Gordini und ging in den Puff nach Seo de Urgel. Ich wurde wieder mal geschnappt, deshalb habe ich das Mädchen und alles, was hätte sein können, aus den Augen verloren. Sie werden's nicht glauben, aber ich denke oft an das alles. Vielleicht täusche ich mich ja auch. Was glauben Sie?»

«Eines Tages wird ein großer Kerl auf dich zukommen, sich in deine Arme werfen und dich Papa nennen.»

«Wenn er ein großer Kerl ist, dann ist er bestimmt nicht von mir, weil sie so klein war, daß sie nicht mal das Spülbecken erreichte.»

Die Geschichte hat alles hergegeben, was man erwarten konnte, und Carvalho sieht sich genötigt, Bromuro noch einmal aufzusuchen, um ihm die neue Information mitzuteilen, die er soeben bekommen hat. Er geht auf die Ramblas hinab und sucht ihn überall, wo er Abend für Abend Jagd nach einem Paar Schuhe macht.

Die Schuhe sind in der Nacht untergetaucht, Bromuro ebenfalls. Er betrinkt sich auch nicht in der Trinkhalle im Eingang des Arco de Teatro mit Anis, woraus Carvalho schließt, daß er irgendwo sein Abendessen verzehrt, an der Theke irgendeiner Bar des Viertels, stets im Mikroklima von altem Frittenfett, das Bromuro braucht, wenn er es auch verachtet. Er findet ihn in der dritten Bar, in einer zwiespältigen Situation, dem Wirt die Schuhe putzend und immer wieder ein Stückchen Sepia mit Soße von einem weißen Tellerchen naschend. Er zwinkert Carvalho zu, vergnügt weiter arbeitend und mißvergnügt weiter essend, und erkundigt sich beim Wirt nach den Zutaten der Soße.

«Du hast mir doch nichts Chemisches reingetan, oder, Moncho?»

«Was für Chemikalien soll ich denn bei Sepia in die Soße reinschütten, verdammt?»

«Ich esse gerne wenig, aber reell. Hab ich deine Schuhe schlecht geputzt, Pepe?»

Bromuro schaut zu Carvalho auf, der seinen Schuh auf seinen Kasten knallt, kaum daß Moncho seine Halbstiefel heruntergenommen hat.

«Wir müssen uns noch mal unterhalten. Vergiß den Namen, den ich dir gesagt habe. Was sagt dir der Name Montalbetti?»

«Ein gerissener Latino. Hat Mädchen in der Massagebranche, du weißt schon, thailändisch, französisch, griechisch ...»

«Er kriegt viereckige Augen.»

«Er ist schon wieder draußen. Sieh dich vor, Pepe! Der macht keine saubere Arbeit. Reist aus und ein mit dicken Ladungen. Zu meiner Zeit gab es für so was ein Wort.»

Er führt zwei Finger zum Mund und zieht damit an der Zunge.

«Kommt dir der Name Toni im Zusammenhang mit Montalbetti bekannt vor?»

«Den Namen kennt doch jeder. Klingt wie ein Friseur. Aber der Gefährliche ist nicht Montalbetti, sondern Archimedes. Ich weiß auch nicht, warum er so genannt wird. Er soll Grieche sein. Da soll sich einer auskennen. Er kontrolliert die ganzen Geschäfte mit geheimen Spielhöllen und Annoncenprostitution. Du weißt schon, ‹Witwe sucht solventen Gentleman› oder ‹Sechshundert Kilo schwere Deutsche, eine Fleischorgie zu deiner Verfügung›.»

«Reist der auch aus und ein?»

«Nein, der bewegt sich nicht. Da müßte schon ein Kran kommen. Wer aus- und einreist, ist Montalbetti. Archimedes findest du immer um die Plaza Calvo Sotelo. Er wohnt dort und kann nicht weiter weg als zweihundert Meter. Er ist fett wie ein Wal.»

Routiniert läßt Carvalho einen Tausender in Bromuros Westentasche gleiten.

«Du hast Grüne, Pepiño! Also gehen deine Geschäfte gut.»

«Wenn er die Spielhöllen und so weiter kontrolliert, dann heißt das, daß sie ihm freie Hand lassen.»

«Sie lassen ihn machen, und er sorgt dafür, daß sich der Laden an bestimmte Grenzen hält und die Unterwelt nicht außer Rand und Band gerät. Du weißt ja, manchmal funktioniert das so.»

Carvalho tritt in dem Moment wieder auf die Ramblas hinaus, als sich ihr Südende in ein Königreich der Nachtvögel des Fleisch- und Drogenhandels verwandelt. Kurz vor Geschäftsschluß der Stände mit frischem Fisch in der Boquería-Markthalle geht Carvalho die Ramblas hinauf, um noch einen Wolfsbarsch zu besorgen, den er mit Fenchel im Backofen garen will, um am nächsten Tag den Steuerberater Fuster einzuladen, seinen Nachbarn in Vallvidrera. Fuster hat ihm eine Portion Trüffel aus Villores versprochen, und er darf nicht dahinter zurückstehen. Automatisch wirft er einen Blick auf den Eingang des Hauses, wo sich sein Büro befindet, und sieht die Frau wieder. Sie ringt mit einer Entscheidung, die jeden Moment fallen kann. Was er erwartet, scheint aber noch nicht reif zu sein, und im Zwiespalt, ob er sie ansprechen oder zur Boquería gehen soll, entscheidet er sich für den Weg zum Wolfsbarsch. Als er dann vor den verlockenden Auslagen in den geflochtenen Körben steht, gerät sein Entschluß ins Wanken. Die herrliche Schönheit des Klippfischs bringt ihn in Versuchung, einen Fischsud für *arroz de banda*[1] oder einen *caldero*[2] zu machen. Dem Zaudern bereitet er mit einer von Charos Lieblingsmaximen ein Ende: Die beste Absicht ist die erste. Damit wendet er sich dem Wolfsbarsch zu; als er aber schon

1 Gekochter Fisch und Kartoffeln, dazu Reis, der im Fischwasser gekocht ist.

2 Kleiner Henkeltopf, meist mir gekochten Gerichten.

bezahlt hat, fällt ihm ein, daß die Woche noch lang ist, und er kauft noch ein Kilo Klippfisch. Heute Wolfsbarsch, morgen *caldero*, und so weiter, bis daß der Tod uns scheidet.

Die Frau wird in dem Moment überrascht, als sie vor der Tür des Nachtlokals *Panam's* vorbeigeht. Ein großer, schlanker Mann packt sie am Arm.

«Was machst du hier? Was hast du hier verloren?»

«Ich kann gehen, wohin ich will, oder?»

«Stell dich nicht so an! Ich bin ja nur neugierig. Seit mehreren Tagen sehen wir dich hier herumlungern. Was hast du hier zu suchen?»

Ruckartig reißt sich die Frau los und rennt weg. Sie taucht in die Hofeinfahrt, geht die Treppe zu Carvalhos Büro hinauf und klopft mit den Knöcheln an die Ätzglastür.

«Ich komm ja schon.»

Biscuter öffnet.

«Lassen Sie mich rein! Bitte! Ich werde verfolgt.»

«Der Chef ist nicht da.»

«Um Gottes willen, lassen Sie mich rein!»

Biscuter kommt auf den Treppenabsatz heraus und schaut hinunter ins Treppenhaus.

«Hören Sie! Da ist niemand. Sie können nicht hereinkommen.»

Aber die Frau ist schon ins Büro geschlüpft und läßt sich in den erstbesten Sessel fallen, keuchend und mit geschlossenen Augen. Als lausche sie dem Klopfen ihres eigenen Herzens. Sie setzt sich auf, und Biscuter tut dasselbe in einem anderen Sessel. Sie mustern sich aus verschiedenen Müdigkeiten heraus. Sie ist erschöpft vom langen Irrweg ihrer Flucht, er vom einschläfernden Halbdunkel im Büro, Resultat seiner Sparpolitik, mit der er über Carvalhos Zukunft wacht. Sie schläft als erste ein, sinkt aber aufgrund einer geheimen Spannung ihres bedrohten Skeletts nicht in sich zusammen. Dann ist es Biscuter, dessen Kopf schwankt, bis sein Gehirn ein Pflasterstein wird, obwohl es ihn aus tiefer Tiefe noch zur Wachsamkeit ruft. Als Carvalho mit den Händen voller Fisch das Büro betritt, dauert es eine Weile, bis er die beiden Schläfer in diesem Schattenbad erkennt. Er macht Licht, und wie auf ein imperatives Signal hin bewegt sich Biscuters Körper, als sei er an den Stromkreislauf angeschlossen. Die Frau ist langsamer, sie kämpft mit einer uralten Müdigkeit. Carvalho wartet ab, bis sich Biscuter mit weit aufgerissenen Augen aufgesetzt hat, und setzt sich selbst, nachdem er seine Einkäufe auf den Tisch gelegt hat.

«Pack das in den Kühlschrank, Biscuter!»

Er gehorcht mechanisch, obwohl er weiß, daß er ihm eigentlich eine sofortige Erklärung schuldet. Aber er weiß nicht, welche, und auch nicht, warum. Carvalho beobachtet, wie die Frau sich langsam wieder in ihrer Umgebung zurechtfindet.

«Ich habe nicht das Vergnügen, Sie zu kennen.»

Biscuter hat die verlorene Logik wiedergefunden und stürmt laut ins Zimmer.

«Chef, ich wollte sie nicht reinlassen, aber sie ist einfach hereingekommen.»

Carvalho mustert die Frau, die immer noch nicht ganz bei sich zu sein scheint.

«Ganz schön zäh. Seit gestern folgen Sie mir schon, und jetzt haben Sie sich endlich entschlossen, mit mir zu sprechen.»

«Haben Sie es bemerkt?»

«Sie sind eine schlechte Beschatterin.»

«Ich bin in Gefahr. Man will mich umbringen.»

«Jemanden umzubringen ist schwieriger, als man glaubt.»

«Alles hat mit dem Mord an Toni und seiner Frau angefangen.»

«Toni? Ich sehe, Sie kannten ihn mit seinem Gaunernamen.»

«Für mich war er immer nur Toni. Was er war, bevor ich ihn kennenlernte, hat mich nie interessiert.»

Er läßt ihr Zeit, sich zum Sprechen zu entschließen.

«Haben Sie etwas gegessen?»

«Nein, seit Stunden nicht. Vielleicht sogar seit Tagen.»

«Biscuter, kümmere dich um dieses Problem! Eine Tasse heiße Bouillon und eine schnelle Tortilla.»

«Mit französischen Kräutern, Chef?»

«Egal womit.»

«Ich habe keinen Hunger.»

«Ich traue Leuten nicht, die mit leerem Magen sprechen!»

«Ich sagen Ihnen, alles hat wegen Tonis Vater angefangen. Ich kaufte mir eine Wohnung bei der Immobiliengesellschaft, bei der er Teilhaber und Vertragsunternehmer ist, und in der Wohnung gab es etwas, das nicht mit meinen Bedürfnissen übereinstimmte. Joaquín kam persönlich, um nachzusehen, was es war, und erriet sofort meinen Beruf. Meinen und den meiner Freundin, mit der ich die Wohnung teilte. Er machte sich ans Werk und arbeitete, bis er schließlich sagte, wir könnten einziehen. Dann kam er öfters wieder. Trotz seines Riesenkörpers und seiner Eigenheiten war er doch ein netter Mann, und eines Tages sagte er zu mir: ‹Ich hab einen Jungen, mein Sohn, der es einmal zu etwas bringen wird, aber mit den Weibern finde ich ihn ein bißchen zurückgeblieben. Du könntest ihm mal behilflich sein! Ich arrangiere ein Treffen.›

Der Junge war überhaupt nicht zurückgeblieben. Er lachte darüber, was sein Vater über ihn gesagt hatte.

‹Er behandelt mich wie ein Kind.›

‹Sag ihm, daß du kein Kind mehr bist.›

‹Ist mir lieber, wenn du's ihm sagst!›

Er war unersättlich und wach. Ich zeigte ihm ein neues Leben. Machte ihn mit meinen Freunden bekannt. Als ich dann versuchte, weitere Begegnungen zu verhindern, war es zu spät. Er lernte blitzschnell, und diese Welt faszinierte ihn. Eine Welt von Spielern, die an einem Tag viel und am nächsten gar nichts haben. Als ich es bemerkte, war es schon zu spät, und Toni – er nannte sich Toni, weil er seinen eigenen Namen nicht mochte – war schon mit den großen Bossen liiert. Als ihn Archimedes eines Tages bei einem Fest auf seiner Finca am Meer als einen seiner wichtigsten Mitarbeiter vorstellte, konnte ich nicht mehr an mich halten und machte ihm eine kleine Szene. ‹Weißt du überhaupt, mit wem du dich da eingelassen hast?› ‹Kleine, sprich nicht mit mir wie mein Vater! Laß mich tagsüber anständig und nachts Strichjunge sein. Dann lebe ich doppelt.› ‹Die da ziehen dich aus bis aufs Hemd und werfen dich dann raus oder übergeben dich eiskalt der Polizei.› ‹Ich kann schon auf mich aufpassen, Kindchen. Laß dir keine grauen Haare wachsen!›

Toni muß etwas zu Archimedes gesagt haben, denn von diesem Tag an ließen sie mich nicht mehr aus den Augen, und die Schwierigkeiten fingen an. Eines Nachts fielen sie zu zweit über mich her und verprügelten mich. Ich bekam einen Schlag auf die Leber und wurde bewußtlos. Erst im Krankenhaus wachte ich wieder auf und habe mich bis heute noch nicht ganz davon erholt. Meine Beziehung zu Toni war damals schon kaputt. Ich erfuhr gleichzeitig von seiner Hochzeit und seinem Tod, und von da an begannen die Drohungen, am Telefon und per Brief. Eines Tages kam sein Vater zu mir und sagte, daß sein Sohn unter merkwürdigen Umständen ums Leben gekommen sei. Das bewies mir, daß er nichts vom Doppelleben seines Sohnes wußte. Er erzählte mir auch davon, daß seine Frau einen Privatdetektiv eingeschaltet habe. Ich folgte Ihnen, weil ich Angst habe, daß bei den Nachforschungen alles mögliche aufgedeckt wird und die Jungs von Archimedes glauben, ich hätte sie verpfiffen. Ich ging dem Alten nach, und so fand ich Sie. Gerade eben wurde ich angegriffen. Hier unten.»

Das Telefon. Carvalho greift lustlos zum Hörer. Er grinst, während er mit einsilbigen Wörtern antwortet. Dann hängt er auf.

«Es war die Polizei. Sie wollen mit mir reden. Übrigens, es ist merkwürdig, daß die Polizei tatenlos zusah, wie Toni nachts den Gangsterlehrling und tags Geschäftsführer bei der Bank spielte.»

«Toni hat ihnen ein paarmal einen Gefallen getan.»

«War er ein Spitzel?»

«Toni war der Chef einer kleinen Schlägertruppe, die er aus einem Karateclub rekrutiert hatte. Karate war sein Lieblingssport, und sein Vater wußte nichts davon. Vielleicht gefiel es ihm eben deshalb so gut.»

«Was hat die Schlägertruppe mit der Polizei zu tun?»

«Über die Gruppe erfuhr er von gewissen Aktivitäten der Rechtsextremisten ...»

«Und Toni sagte der Polizei Bescheid. Sieh einer an, dieser Toni! Ein Verbrechen, dem anscheinend jedes Motiv fehlt, wird allmählich zu einem, für das eine ganze Handvoll Leute als Täter in Frage kommen! Von Herrn Archimedes bis hin zum letzten Karateschläger.»

«Mir werden sie es anhängen! Sie werden sagen, ich hätte den ganzen Wirbel verursacht! Sie werden mich umbringen!»

Sie ist aufgesprungen und trommelt hysterisch mit den Fäusten gegen Carvalhos Brust. Eine Ohrfeige des Detektivs läßt sie den Kopf wenden, sie folgt der Bewegung und läßt sich in einen Sessel fallen.

«Jetzt kümmern wir uns um Sie.»

Kommissar Contreras empfängt Carvalho mit dem üblichen Blick. Einem Blick, der sagt: Sie schon wieder! Wer hat Sie zum Mitspielen aufgefordert? Wissen Sie, daß Sie gegen die ganze Mannschaft spielen? Er fährt sich mit der Hand übers Gesicht und scheint Carvalho vergessen zu haben, der mißmutig auf dem Stuhl vor seinem Schreibtisch sitzt. Endlich, als die Batterien der Geduld voll aufgeladen sind, sagt Contreras: «Warum nur, warum nur, warum nur? Ich glaube nicht, daß Sie begriffsstutzig sind, und trotzdem wollen Sie einfach nicht begreifen, daß gewisse Dinge Sache der Polizei sind, der Po-li-zei, und daß es nicht nur gefährlich ist, sich darin einzumischen, sondern sogar strafbar. Die Polizei verfügt über einen hervorragenden Ermittlungsapparat – Tausende von Beamten, Computer, internationale Verbindungen –, dagegen sind Sie wie der Flickschuster an der Ecke. Warum bleiben Sie nicht bei Ihrem Leisten?»

«Mit anderen Worten, warum ich nicht meinem Geschäft als Hosenschlitzschnüffler nachgehe?»

«Legen Sie mir nichts in den Mund, was ich nicht gesagt habe! Also gut, legen wir die Karten auf den Tisch! Der Fall Tauste ist gelöst. Der Mörder ist verhaftet.»

«Gratuliere!»

«Sparen Sie sich Ihre Glückwünsche! Gehen Sie nach Hause, und schlafen Sie sich aus!»

«Verraten Sie mir, wer der Mörder ist, oder muß ich die Zeitung von morgen abwarten?»

«Wie erwartet, aber er stand dem Opfer näher. Ein früherer Freund, ein Verrückter, der sich selbst ‹Sexualsoziologe› nennt. Er wohnt in einer Kommune in La Floresta und hatte Streit mit dem Toten aufgrund einer Beziehung ... Kurz und gut, er ist reif für die geschlossene Anstalt. Tatsächlich war er schon mehr als einmal dort. Es gibt Beweise, daß er an dem Tag dem jungen Paar folgte, als sie zum Piedra-Kloster fuhren.»

«Welche Beweise?»

«Er hielt an einer Bar an der Straße und trank etwas. Sogar dem Kellner fiel seine Nervosität auf.»

«Hat er gestanden?»

«Sozusagen.»

«Weiß heißt sozusagen?»

«Im Moment sagt er, er habe es nicht getan, aber nicht aus Mangel an Motivation.»

«Ich möchte Ihre Liebenswürdigkeit nicht überstrapazieren, aber gestatten Sie mir eine weitere Frage, Señor Contreras?»

«Heraus damit, wenn es für lange Zeit die letzte ist!»

«War Joaquín Tauste Ihr Informant? Sagt Ihnen der Name Toni etwas – im Zusammenhang mit Archimedes und Montalbetti?»

Contreras zeigt sein Pokergesicht.

«Mir scheint, Sie sind falsch informiert.»

«Kann ich jetzt gehen?»

Mit weit ausholender Geste öffnet ihm der Kommissar alle Türen der *Jefatura Superior*. Als der Detektiv schon einen Fuß über die Schwelle gesetzt hat, sagt die Stimme von Contreras: «Lassen Sie die Finger von dieser Sache! Schon mancher hat eine Sardine gesucht und einen Schwarm Haie gefunden!»

Unverwechselbar in seiner fetten Selbstzufriedenheit, die auf einem ächzenden Korbstuhl ruht, schlürft Archimedes auf der Terrasse einer Bar der Plaza Calvo Sotelo – der heutigen Plaza Francesco Macià – einen dunklen Wermut. Er schließt die Augen, um ein Nickerchen zu machen, öffnet sie aber hin und wieder, um zu begutachten, was an Frauen im schmalen Durchgang zwischen Hauswand und den Stühlen der Bar vorbeikommt.

«Archimedes? Señor Archimedes?»

Die Augen des Mannes öffnen sich kaum zu zwei Schlitzen und sehen einen lächelnden, beinahe liebenswürdigen Carvalho vor sich. An einem Tisch in der Nähe entsteht Bewegung. Zwei Männer sind aufgestanden und nähern sich Archimedes. Dessen Pranke stoppt ihren Vormarsch. Aus seiner Kehle dringt eine tonlose Stimme, als hätte sie einen weiten Weg durch Rohrleitungen zurückgelegt, bevor sie ins Freie gelangt.

«Bitte, junger Mann.»

«Mein Name ist Carvalho, ich bin Privatdetektiv, und ich möchte zwei Worte mit Ihnen kreuzen.»

«Zwei Worte kreuzen! Zum Beispiel ‹Gante› und ‹Poncho›, sie kreuzen sich im N. Ha ha ha!«

Sein Gelächter bringt die ganze Geographie seines Körpers in Bewegung.

«Ich bin ein großer Liebhaber von Kreuzworträtseln. Setzen Sie sich, Carvalho! Es ist mir eine Ehre, einen so großen Meister zu empfangen.»

«Sie kennen mich?»

«Ihr Ruhm hat die Grenzen der unteren Viertel überschritten und dieses andere Barcelona erreicht, das des Geldes und des Lichtes. Womit kann ich Ihnen dienen, mein Sohn?»

«Wir sind beide daran interessiert, herauszufinden, was genau mit Ihrem Mitarbeiter Joaquín Tauste, besser bekannt unter dem Namen Toni, geschehen ist.»

«Ich muß passen. Davon ist mir nichts bekannt. Sind Sie sicher, daß dieser Tauste –» er lacht wieder – «einer meiner Mitarbeiter war? Ich habe so viele Mitarbeiter!»

«In Anbetracht des Doppellebens, das der Junge führte, sieht der Mord ganz nach einer Abrechnung aus.»

«Das wird ja interessant. Aber Abrechnungen dieser Art verfolgen den Zweck, bestimmte Gruppierungen zu verwarnen. Verstehen Sie? Dieser Tauste dagegen wurde, nach allem, was ich in der Presse las, und selbst wenn er ein Doppelleben führte, zusammen mit seiner jungen Ehefrau ermordet. Welchen Sinn hätte ein solcher Mord als Verwarnung? Als Abschreckung für wen?»

«Das heißt, Sie waren es nicht.»

Das Lachen verzerrt die gesamte sichtbare Haut des geschniegelten Archimedes.

«Ihre Unverschämtheit ist köstlich! Warum unterhalten Sie sich nicht mit Kommissar Contreras? Er bearbeitet den Fall und hat sehr gut begriffen, daß weder ich noch irgend jemand, der mit mir in Verbindung steht, diesen Jungen umgebracht haben. Contreras und ich haben genug Erklärungen ausgetauscht; einem Unbekannten bin ich keine schuldig.»

«Soeben sagten Sie, ich sei sehr bekannt.»

Die Augen der großen Kröte sind geschlossen. Sein Mund ebenfalls. Er öffnet ihn in dem Moment, als Carvalho sich erheben will.

«Ihre Freundin lebt in ungeregelten Verhältnissen.»

«Das Wort ‹ungeregelt› sagt so wenig aus.»

«Ich will damit sagen, daß sie auf eigene Faust der Prostitution nachgeht; das heißt ungeregelt.»

Seine Augen haben sich wieder geöffnet, und er lächelt wieder.

«Ich verstehe Ihre Warnung.»

Archimedes zuckt die Achseln.

«Ich gehöre nicht zu den Leuten, die glauben, man müsse alles hundertprozentig unter Kontrolle haben. Aber Sie sollen wissen, daß ich ein vernünftiger Mensch bin, der Vernunft zu schätzen weiß, aber Unvernunft unnachsichtig bestraft.»

Von dem Gespräch bleibt Carvalho vor allem die Bedrohung Charos im Gedächtnis. Sie ist sein verletzlicher Punkt, und es wäre nicht das erste Mal, daß Charo die Zeche für seine Ermittlungen bezahlen muß. Er geht zur nächsten Telefonzelle, um ihr eine erste Warnung zukommen zu lassen. Sie soll zu Hause bleiben und keinem die Tür öffnen, bis er da ist. Als er die Kabine verläßt, erwartet ihn ein dunkelhäutiger Mann, muskulös, aber von einer müden Lässigkeit wie ein italienischer Billardspieler aus einem Roman.

«Carvalho?»

«Kommt drauf an.»

«Mein Name ist Montalbetti, und ich komme von Señor Archimedes.»

Carvalho schaut sich um. Er ist umgeben von einem informellen Kreis von fünf Schlägertypen, kostümiert als postmoderne Gangster mit Hüten à la Indiana Jones und Anzügen von Adolfo Domínguez.

«Und die, gehören die auch zum Gesangverein?»

«Sie können dazugehören. Señor Archimedes stellt mich zu Ihrer Verfügung, um Sie über alles zu informieren, was Sie über Toni wissen wollen.»

Carvalho befürchtet, daß sie ihn aufhalten wollen, um sich Charo in Ruhe vorzuknöpfen, und schiebt Montalbetti mit dem Ellbogen zur Seite.

«Ich hab's eilig. Ich muß zum Zahnarzt.»

«Sie haben sich eine schlechte Ausrede ausgedacht. Eine gefährliche! Wahrscheinlich brauchen Sie schon heute keinen Zahnarzt mehr!»

«Probier's doch mit deinem Opa, wenn du einem angst machen willst, du Großmaul!»

Montalbettis Jackenaufschläge entsprechen dem Stil der übrigen Kleidung: sie werfen wunderschöne Falten. Aber seine Expeditionskollegen sind mit Carvalhos Aggressivität nicht einverstanden und ziehen den Kreis enger.

«Wir haben keine Zeit, um dir das zu verpassen, was du verdient hast, aber wir sehen uns noch, Carvalho! Steck deine Nase in die Fotze deiner Mutter und nicht in die Angelegenheiten von Archimedes, oder du wirst es bereuen!»

Er läßt die Jackenaufschläge los, die langsam wieder zu ihrem ursprünglichen Faltenwurf zurückkehren, und steigt in das erstbeste Taxi. Sein Auto läßt er auf dem bewachten Parkplatzrefugium stehen, und auf dem Weg zu Charos Haus denkt er sich eine komplizierte Art aus, es wieder in Besitz zu nehmen, als mache er sich unnötige und groteske Sorgen.

Charo hat den Kopf voller Lockenwickler und antwortet zweimal «Ich komme schon!», etwas verärgert über die Ungeduld der Klingel. Die Tür geht auf, und Carvalho erscheint. Wortlos kommt er herein und gibt ihr Zeichen, die Tür zu schließen.

«Pack die Koffer, und verschwinde für eine Woche.»

«Was glaubst du eigentlich? Wir sehen uns von Montag bis Freitag nicht, und jetzt kommst du damit an!»

«Charo, mach jetzt kein Theater! Es gibt keine andere Möglichkeit. Ich stecke mitten in einer schmutzigen Sache drin, und du kannst dabei bekleckert werden. Der Chef der organisierten Prostitution ist mit dabei. Er hat ganz beiläufig deinen Namen erwähnt und mich daran erinnert, daß du auf eigene Rechnung arbeitest.»

«Aha, mit anderen Worten, ich darf die Geschichten des Señor Carvalho ausbaden, der sich meiner nur dann erinnert, wenn es ihm gerade in den Kram paßt.»

«Die Predigt kannst du mir später halten. Los jetzt! Hau ab!»

«So wie ich bin?»

Sie zeigt auf die Lockenwickler.

«Pack ein, was in eine Reisetasche paßt! Dann gehst du ganz gemütlich aus dem Haus und nimmst ein Taxi. Das Taxi wechselst du dann irgendwo und fährst mit dem anderen zum Teatro Griego am Montjuïc. Dort wartet Biscuter mit meinem Wagen auf dich und bringt dich nach Caldes de Montbui in ein Sanatorium.»

«Ich, ins Sanatorium? Wieso denn, um Himmels willen?»

«Die Leber. Dauernd klagst du über deine Leber.»

«Aber... du spinnst doch!»

Im Vorbeigehen küßt Carvalho sie auf den Mund, geht zur Tür und sagt: «Biscuter erwartet dich in einer Stunde.»

Charo bleibt mit offenem Mund stehen, schaut sich um, um festzustellen, ob das alles wirklich ist; dann wird sie wütend, maßlos wütend und schleudert den Kamm in Richtung Tür, die Carvalho offengelassen hat. Sie überlegt es sich wieder anders, rennt zur Tür, schließt sie ab und legt zusätzlich alle Sicherheitsschlösser vor.

Biscuter hat für Notsituationen vorgesorgt, vor allem für Wirtschaftskrisen und für den Fall, daß sein Chef von der Polizei gejagt wird. Aber er wäre nie auf die Idee gekommen, daß er von einer Frau mit obskuren Ängsten von seiner Pritsche vertrieben werden könnte. Nun ist es soweit. Nanny erholt sich von schlaflosen Nächten, und Biscuter schmerzen die Knochen nach einer Nacht auf dem Fußboden, ohne bessere Isolation als eine alte Baumwolldecke.

«Du fährst nach Vallvidrera hinauf zum Schlafen!»

«Und wer paßt auf das Mädchen auf, Chef? Es ist meine Pflicht, in schwierigen Stunden in der Gefahr auszuharren.»

«Dann tu, was du nicht lassen kannst!»

Er rafft sein malträtiertes Skelett auf und macht den Versuch eines Frühstücks, was Carvalho vereitelt, indem er ins Büro stürmt, Nanny wachrüttelt, ihr nur eine schnelle Toilette zugesteht und sie mitnimmt, ohne Biscuters diätetische Einwände zu beachten.

«Man kann den Tag nicht mit leerem Magen beginnen!»

«Diese Art, ihn zu beginnen, ist so gut wie jede andere.»

Ruhig, als zeige er einer neuangekommenen Ausländerin die Stadt, führt Carvalho Nanny durch Barcelonas Zentrum, wo es am dichtesten bevölkert ist, und läßt sie in einer alteingesessenen Bar frühstücken, die von der ganzen Belegschaft des *Ayuntamiento* [1] und der *Generalitat* frequentiert wird.

«Warum sind Sie so nervös?»

Nanny zuckt die Achseln, läßt aber die Umstehenden in der Bar nicht aus den Augen.

«Diese öffentliche Zuschaustellung war keine gute Idee. Wir sind durch ganz Barcelona spaziert. Vielleicht bin ich verrückt, aber ich habe Angst. Ich fühle mich verfolgt.»

«Möglich. Auf alle Fälle habe ich mir erlaubt, einen Plan auszudenken, der Erfolg verspricht. Wie mieten zwei benachbarte Wohnungen. Ich weiß schon, wo. Für die Dauer der Untersuchung wohnen Sie in der unteren, ich in der oberen. Dort sind Sie in Sicherheit.»

1 Rathaus

Die Augen der Frau füllen sich mit Tränen.

«Warum tun Sie das für mich?»

«Ich tue es für mich selbst. Ich habe schon genug Sorgen, um auch noch auf Sie aufzupassen. Auf diese Weise habe ich Sie unter Kontrolle und in Sicherheit.»

Sie gehen auf der Straße entlang. Carvalho nimmt sie am Arm; sie wirft ihm einen fragenden Blick zu und schaut sich nach allen Seiten um.

«Sie können uns sehen.»

«Keine Angst! In ein paar Stunden sind Sie die Unsichtbare Frau!»

«Ich würde Gott weiß was dafür geben, wenn ich das wäre.»

«Jetzt sind Sie um so sicherer, je mehr Sie gesehen werden.»

«Ich habe es schon in vielen Filmen gehört, Sie wahrscheinlich auch: Ich weiß zuviel.»

«Tatsächlich, das kommt mir bekannt vor.»

Er lenkt die Frau durch die Straßen des V. Distrikts, die zu den Rondas führen, und wirft Blicke hinter sich wie der Däumling Brosamen, um den Rückweg zu finden. Er bleibt vor einem Haus stehen, das sich abhebt von den Jahrhundertwendehäusern am Rand des Ensanche, die wie eine kleinbürgerliche Mauer die aus ihren historischen Mauern befreite Stadt umzingeln.

«Hier ist es.»

Neugier und Argwohn in den leicht gestelzten Schritten der Frau; eine gewisse Resignation, als sie den Aufzug betritt und sich einem Prozeß ausliefert, den sie nicht kontrollieren kann. Ab und zu schaut sie Carvalho an, als wolle sie von ihm die Sicherheit bekommen, die ihr selbst fehlt.

«Sie geben mir das Gefühl, daß Sie mich in eine Falle locken.»

«Es gibt schon jemand, der für meine Dienste bezahlt. Meinen Schutz bekommen Sie gratis.»

Je mehr ihre Augen von der kleinen Wohnung Besitz ergreifen, desto mehr scheint sie sich mit der neuen Situation abzufinden. Es liegt sogar Freude in ihrer Haltung, als sie das blitzsaubere Badezimmer entdeckt und das Versprechen eines erholsameren Schlafes als den der vergangenen Nacht, in einem ziemlich großen Ehebett in einem Zimmer mit Blick auf die Rondas.

«Schlafen, schlafen, schlafen. Wenn ich richtig ausschlafen kann, werde ich alles wieder mit anderen Augen sehen.»

«Und wie gefällt Ihnen die Wohnung?»

Carvalho will ihre Meinung hören. Entspannt und zufrieden mustert sie jetzt die kleine möblierte Wohnung.

«Meine ist einen Stock höher, genau über Ihnen. Schauen Sie mal, was ich gekauft habe!»

Er gibt ihr einen Metallstab mit einem Haken am Ende.

«Was ist das?»

«Das ist alles, was ich für meine Zwecke brauche. Ein Bootshaken, aber wir fahren nicht aufs Meer. Sie können ihn so benutzen.»

Er nimmt den Bootshaken an einem Ende und hebt ihn zur Decke. Mit dem andern Ende klopft er dreimal dagegen.

«Sobald irgend etwas Sie alarmiert oder beunruhigt: Bum, bum, bum, und Pepe Carvalho steht in Sekundenschnelle vor Ihnen. Das Ding ist ganz leicht. Aus Aluminium.»

Er wirft es ihr zu, sie fängt es im Flug.

«Alles verstanden?»

«Alles klar.»

Carvalho dreht sich halb um und will gehen.

«Warten Sie!»

Sie hat seine Hände genommen. Die Geste ist voller Dankbarkeit, ihre Augen voller Tränen.

«Vielen Dank.»

Sie hebt die Lippen und drückt sie sanft auf seine. Sie schauen sich an. Sie wiederholt den Kuß, diesmal länger. Der dritte ist schon lang und tief. Daraufhin knöpft ihr Carvalho die Bluse auf, zieht sie aus, und zwei altgediente, aber wohlgeformte Brüste springen ins Freie. Sie bittet um eine Pause, um die Fensterläden zu schließen, so daß es im Zimmer schummrig wird und sie zwischen den Schatten die Sicherheit wiederfindet, die ihr die Zweideutigkeit ihrer herrlichen nackten Schönheit verleiht. Die sexuellen Spiele schlagen verstohlen in Liebesspiele um. Zärtlichkeit liegt in ihrer Stimme, als sie ihn bittet, sie zu beschützen; in Carvalhos Gesten ebenfalls, der sie liebkost wie eine Heimat. Danach haben sie die Unpersönlichkeit der Zimmerdecke vor

Augen, die Decke eines Durchgangsquartiers, und sie sagen einander nichts, wohl wissend, wie leicht man in Situationen, die nicht von Dauer sind, dazu neigt, Dummheiten zu sagen.

Sie nickt ein, und Carvalho betrachtet respektvoll, mit welcher Schamhaftigkeit die Schatten den Verfall des nackten Frauenkörpers überdecken. Als Nanny mit allen Konsequenzen einen alten und tiefen Schlaf schläft, steht Carvalho leise auf, zieht sich ganz vorsichtig an, um sie nicht aufzuwecken, und schreibt ihr einen Zettel:

Ich schließe von außen ab, weil du schläfst. Ich lasse dir einen Schlüsselbund hier, und wenn du aufwachst, schließ von innen ab! Ich bin bald zurück.

Er muß dringend Charos Apartment inspizieren. Er geht wieder durch den V. Distrikt zum Haus auf dem freien Platz, den die Spitzhacke des siegessicheren Spekulantentums ins alte Fleisch des am meisten gedemütigten und verletzten Stadtteils geschlagen hat. Charo befolgt seine Anweisung.

«Ich gehe, weil ich keinen Ärger will. Aber das ist das letzte Mal, daß du mir das Leben schwermachst! Ich stelle dir alle Klienten in Rechnung, die mir jetzt durch die Lappen gehen.»

Es macht ihm Gewissensbisse oder es alarmiert ihn, daß Charo die finanziellen Verluste aufrechnet, die ihr durch den Ausfall ihrer Telefonkunden entstehen. Er wird es den Taustes auf die Rechnung setzen. Er benutzt zwei Frauen: eine willentlich als Lockvogel, die andere bringt er in Sicherheit vor einer Gefahr, die er verursacht hat. Charo erfüllt ihn mit Sorge, Nanny mit einer gewissen Reue, was er mit einer ordentlichen Mahlzeit im *Pa i Trago* zu vernichten sucht. Er geht in dieses Lokal, weil ihm einfällt, daß es dort an diesem Tag immer *escudella i carn d'olla* gibt. Er meditiert über die zweigeteilte Kasserolle, deren Form das Ergebnis der Anpassung der Töpferei an die Metaphysik dieses zweifachen Gerichtes darstellt: die Reis-Nudel-Suppe und der Eintopf mit Fleisch, Kartoffeln, Kohl und Kichererbsen. Jeder Eintopf ist ein Schauspiel des Überflusses und gehört zu den kühnsten Erinnerungen an Hunger und Sättigung. Deshalb ist Carvalho auf eine urtümliche Art glücklich und geht mit klarem Kopf und sicherem Schritt auf die Straße hinaus. Er schlendert durch die Stadt. Seine gewohnten Wege: Ramblas, Boquería, Büro, Zeitungsstand. Er unterhält sich mit Bromuro in der Bar, während dieser das Schuheputzen übertreibt. Er ahnt, daß ihm jemand folgt, und tatsächlich hält eine Hand am Ende eines Armes, der aus dem Seitenfenster eines Autos heraushängt, Zigarettenlänge um Zigarettenlänge durch, während Carvalho umherschlendert.

Carvalho legt sich in seiner neuen Wohnung aufs Bett und schaut zur Decke, als es an der Tür klopft. Er schaut durch den Spion, während er mit einer Hand nach der Pistole über seinem Herzen greift. Es ist Nanny. Er öffnet, und sie steht barfuß vor ihm, in einem weiten Pyjama, der dem, was er verbirgt, noch größere Attraktivität verleiht.

«Wir haben kein Signal zum Liebemachen vereinbart», sagt sie. Lächelt und schmuggelt sich in Carvalhos Arme.

Es ist Nacht. Carvalho schläft bei eingeschaltetem Licht ein. Jemand hat mit einem kleinen Schlüssel die Tür zum Treppenhaus geöffnet und schleicht die Treppe hinauf, freiwillig auf den Aufzug verzichtend, der mit seiner lockenden Beleuchtung stehenbleibt. Die Schritte des Individuums nähern sich Nannys Tür. Carvalho ist in seiner Wohnung endgültig in Tiefschlaf versunken. Die Hand des Eindringlings hat einen anderen Schlüssel gezückt und steckt ihn ins Schloß der Wohnungstür.

Er öffnet. Die Tür dreht sich geräuschlos in den Angeln. Der Mann betritt den Flur und sieht am Ende ein schwaches Licht schimmern. Je näher er kommt, desto größer wird Nanny in ihrem Pyjama, auf dem Bett, die im Licht des Lämpchens eine Zeitschrift liest. Carvalho schläft weiter. Nanny hat etwas bemerkt, denn sie blickt auf, und Entsetzen überzieht ihr Gesicht.

«Du?»

Ihre Augen suchen den Bootshaken. Dort steht er, neben dem Tischchen; sie wirft sich herum und greift danach, aber in der Hand des Mannes ist eine Pistole aufgetaucht.

«Ganz ruhig!»

Nanny läßt sich nicht bremsen; das Nachtlämpchen fällt zu

Boden, geht kaputt, und es ist dunkel. Sie hat den Bootshaken erwischt, aber schon ist der Körper der Eindringlings über ihr. Er ist stark, der Kampf ungleich; keuchend schlägt ihr der Mann ins Gesicht; sie schafft es, mit dem Bootshaken aus dem Bett zu springen, und stößt ihn dreimal gegen die Decke. Der andere stürzt sich auf sie; Nanny versetzt ihm einen Stoß mit dem Aluminiumstab. Der Mann packt sie um die Taille, aber sie schafft es, noch einmal an die Decke zu klopfen.

Carvalho schläft. Nanny ist zu Boden gegangen. Zwischen Licht und Schatten wechseln Horror und Überlebenswille auf ihrem Gesicht; sie kämpft um ihr Leben. Carvalho ist aufgeschreckt. Etwas ist passiert, er weiß noch nicht genau, was. Er kauert sich auf den Boden und preßt sein Ohr ans Parkett, springt mit einem Satz auf, schnappt sich die Pistole unter dem Kopfkissen und rennt zur unteren Wohnung. Die Tür steht offen. Er läuft dorthin, wo er den Lärm hört. Zwei ineinander verschlungene Körper; Nannys Keuchen zeigt, daß sie gewürgt wird; Carvalho macht das Licht an und schreit gleichzeitig:

«Keine Bewegung, oder ich schieße!»

Der Kampf hört auf. Der massige Körper wendet sich um. Don Joaquín steht direkt vor Carvalhos Pistole.

«Es bleibt also in der Familie. Ich glaube, wir werden ein interessantes Gespräch miteinander führen.»

«Hier hat keiner nach Ihnen gerufen. Das ist eine Privatwohnung. Ich wollte schon lange mit dieser Nutte abrechnen.»

Nanny hat es geschafft, aufzustehen. Schwer atmend geht sie ins Badezimmer.

«Reden Sie, oder ich rufe die Polizei. Im Moment profitieren Sie von der Tatsache, daß Sie mein Klient sind.»

Von seinem eigenen Gewicht und einem geheimen Kummer niedergedrückt, setzt sich der Mann auf das zerwühlte Bett.

«Wenn Sie wüßten! Wenn Sie wüßten!»

Nanny ist wieder in der Tür aufgetaucht. Ihre Angst hat sich verflüchtigt wie ein Katzenjammer, den man zu lange ertragen hat. Ihre jetzt sichere Stimme klingt unwillig und roh.

«Knall ihm ein Loch zwischen die Augen! Er hat es eilig ins Jenseits. Der Kerl wollte mich umbringen!»

«Ich hab rotgesehen. Habe einen Moment die Kontrolle verloren.»

«Diesen Moment haben Sie seit Stunden vorbereitet. Während Sie mir gefolgt sind. Ich glaube nicht, daß weibliche Intuition Sie hierhergeführt hat. Und jetzt erzählen Sie Ihrem Privatdetektiv alles von jenem Tag, dem größten Tag Ihres Lebens!»

«Es war der größte Tag meines Lebens. Aber sie hat mir alles zerstört. Es fing an, kurz, nachdem die Kinder zur Hochzeitsreise abgefahren waren. Es war der glücklichste Augenblick meines Lebens, und da tauchte plötzlich dieses Stück Dreck auf, völlig hysterisch, und suchte Streit. Die wenigen Gäste, die noch da waren, waren verstört, und stellen Sie sich erst meine Frau vor! Ich nahm sie beiseite, und sie erzählte mir eine haarsträubende Geschichte. Wahrscheinlich war sie stocksauer, weil mein Sohn geheiratet hat. Sie behauptete, der Junge sei ein Gangster, habe bei einer Menge schmutziger Geschäfte die Finger drin – und das alles nur, weil er sie abserviert hat.»

«Du bist schuld daran! Du hast ihn gezwungen, mit mir Schluß zu machen und seine weiße Lilie zu heiraten.»

«Sei still und laß Don Joaquín seine Geschichte zu Ende erzählen! Er hat ja kaum angefangen. Stimmt's? Weshalb haben Sie Ihren Sohn und Ihre Schwiegertochter umgebracht?»

Der Mann hat an irgendeiner Stelle seines Körpers und seiner Seele einen Faustschlag bekommen; er blinzelt schweigend, um Zeit zu gewinnen und Gedanken und Worte zu verknüpfen. Er stottert etwas, das nach Verständnislosigkeit klingt, aber Carvalho wartet weiterhin in der Haltung dessen, der ein unwiderrufliches Geständnis erwartet.

«Es ist sehr hart, was Sie mir da sagen, Señor Carvalho! Ich bezahle Sie nicht dafür, daß Sie mich anklagen. Ich hab Sie nicht beauftragt, nur damit ich am Ende selbst ... Verstehen Sie! Das hat keinen Sinn.»

«Es war Ihre Frau, die sich an mich wandte. Nicht Sie!»

«Ohne meine Zustimmung hätte sie es nie gewagt.»

«Dieses Mal schon. Zurück zum Anfang der Geschichte! Nanny taucht bei der Hochzeit auf. Sie macht eine Szene. Öffnet Ihnen die Augen über Ihren Sohn.»

«Sie hat mich nicht überzeugt. Alles erstunken und erlogen!»

«Nein! Das stimmt nicht!»

Carvalhos Stimme ist sanft, ruhig. In seiner Verwirrung sucht Tauste einen Halt in sich selbst, hart bedrängt von Carvalhos unerbittlicher Sicherheit und dem verletzten Sarkasmus der Frau.

«Diese Mißgeburt war blind vor Wut. Sie quatschte mich voll, nannte mir Namen und konkrete Anhaltspunkte. Es war unglaublich. Mein Junge. Mein Joaquín! Warum? Wozu hätte er diesen ganzen Schmutz gebraucht? Ich sagte zu ihr, sie lüge, und sie sagte, ich solle ihn doch selbst fragen. Ich sah rot. Brachte meine Frau nach Hause. Wollte sofort anrufen. Aber das fand ich dann lächerlich. Stellen Sie sich ein Gespräch von Vater und Sohn am Telefon vor! Hör mal, mein Sohn, stimmt es, daß du ein Gauner bist? Ich konnte nicht schlafen. Nahm das Auto und fuhr los. Es sind mindestens vier oder fünf Stunden Fahrt, und ich kam an, als es schon hell wurde. Von einer Telefonzelle aus rief ich im Hotel an und sagte Joaquín, ich würde gleich kommen, er sollte vor dem Hotel auf mich warten, ich müsse mit ihm reden. Als ich am Hotel ankam, stand seine Frau neben ihm.

‹Du gehst! Das ist eine Sache zwischen Joaquín und mir.›

‹Ich habe gesagt, du sollst gehen!›

‹Und ich hab gesagt, du sollst bleiben!›

‹Du hast es so gewollt. Dann sollst du erfahren, was für eine Sorte Mann du geheiratet hast!›

Ich sagte ihm alles, was mir diese Nutte hier erzählt hat, und er steckte es ein, als hätte ich ihm einen Strauß Blumen geschenkt.

‹Sag mir, daß es nicht stimmt, Joaquín!›

‹So ungefähr schon.›

‹Aber warum? Warum hattest du das denn nötig?›

‹Ich habe ein Recht darauf, mein eigenes Leben zu leben. Deine erdrückende Fürsorge habe ich satt. Du hast mir die Arbeit beschafft, die Geliebten, sogar die Braut!›

Die Ärmste hörte alles, was wir sprachen, und verstand gar nichts, oder zuviel. Ich sah rot. Ich hatte geglaubt, mit dem Joaquín zu reden, den ich kannte, und gab ihm eine Ohrfeige. Das hatte ich noch nie getan. Er wandte sich um und schlug wütend zurück, grausam ... Wie ein nasser Sack ging ich zu Boden. Wut und Verachtung, Verbitterung, ich weiß nicht. Ich ging auf ihn los, und es gab einen bestialischen Kampf, bei dem ich die schlechteren Karten hatte. Schließlich zog ich die Pistole und schoß. Nur einmal. Mein Joaquín fiel zu Boden und versuchte mit den Händen, sein Leben festzuhalten. Der Ärmste!»

Der Mann weint und schnieft. Dabei versucht er, durch seine Tränen irgendein Mitleid in Carvalhos Gesicht aufzuspüren.

«Und das Mädchen?»

«Ich versuchte, ihr klarzumachen, was geschehen war ... ‹Du hast doch gesehen, was er seinem Vater angetan hat! Hast du nicht gesehen, wie er die Hand gegen den eigenen Vater erhob?› Aber sie hörte nicht auf mich. Sie umarmte die Leiche, weinte und rief seinen Namen ...»

Mitleid heischend streckt er die Hände aus, aber Carvalho verweigert es ihm, und Nanny spuckt aus.

«Glaub ihm kein Wort! Er hat sie umgebracht, weil er scharf auf sie war und sie ihn links liegen ließ.»

«Du bist still! Du hast mir schon genug angetan. Uns allen!»

«Er klebte wie eine Fliege an dem Mädchen, der alte Lustmolch.»

«Die Kugel löste sich, fast ohne daß ich es wollte. Das sagt man so schön, aber ich schwöre, es war wirklich so. Ohne zu wollen zog ich den Abzug durch, ich weiß nicht, die Kugel kam heraus, ohne zu wollen, und die Kleine fiel über die Leiche meines Sohnes. Dann kam das Schlimmste ...»

Jetzt mustert er sie und verlangt wenigstens gespannte Erwartung auf seine fundamentale Enthüllung.

«Das Schlimmste war, meinen eigenen Sohn ans Wasser zu bringen. Schlimmer als ihn zu töten. Diesen Körper schleppen, den ich auf dem Arm getragen hatte ... als er noch ein Kind war ... und ihn ins Wasser zu werfen. Es war so kalt. So kalt. Mein armer Sohn! So kalt war auch dir!»

Nanny hat ihre Selbstsicherheit wiedergefunden. Sie zieht sich an, mit dem Rücken zu den beiden Männern. Dann packt sie ihre

Sachen zusammen und geht, ohne einen anderen Abschied als einen Blickwechsel mit Carvalho. Sein Blick ist ironisch, der ihre ein Abschied für immer.

«Sie lassen sie gehen?»

«Sie ist volljährig.»

«Sie ist an allem schuld! Sie hat Joaquín auf die schiefe Bahn gebracht. Sie hat mir eine Pistole in die Hand gegeben.»

«Nanny wird Sie anzeigen. Dann hat sie ihre Ruhe vor den Gangstern, und vor Ihnen ebenfalls.»

«Und Sie, was werden Sie tun?»

«Mein Klient ist Ihre Frau. Ich lasse ihr einen Bericht und die Rechnung zukommen.»

«Aber was halten Sie denn von all dem? Glauben Sie, ich bin schuldig?»

«Ja. Aber Ihre Schuld kommt von weit her. Ich könnte beinahe zu dem Schluß kommen, daß Morde Konsequenzen einer uralten Schuld sind.»

«Alles habe ich für ihn getan.»

«Ja. Wirklich alles.»

Killer-Ladies

Paula Gosling
Töten ist ein einsames Geschäft (2796)
Blut auf den Steinen (2826)
Tod auf dem Campus (2858)
Ein echtes Gaunerstück (2939)

Christine Grän
Ein Brand ist schnell gelegt . . . (2901)
Weiße sterben selten in Samyana (2777)
Nur eine läßliche Sünde (2865)
Dead ist beautiful (2944)

Patricia Highsmith
Venedig kann sehr kalt sein (2202)

Faye Kellermann
Geh nicht zur Mikwe! (2812)

Anne D. LeClaire
Die Ehre der Väter (2902)
Herr, leite mich in Deiner Gerechtigkeit (2783)

Barbara Neuhaus
Tatmotiv Angst (2824)

Helga Riedel
Einer muß tot (2656)
Wiedergänger (2682)
Ausgesetzt (2715)

Patricia Roberts
Gebrochene Flügel (2702)

THRILLER rororo

C 2165/7

Serientäter

Horst Bieber
Jede Wahl hat ihren Preis (2820)
Scherenschnitte (2881)
Sein letzter Fehler (2756)
Wrozeks Meineid (2704)
Zeus für alle (2948)

Robert Brack
Blauer Mohn (2886)
Die Spuren des Raben (2906)
Rechnung mit einer Unbekannten (2927)

Bob Cook
Arrivederci Roma (2870)
Figuren im Zwielicht (2821)
Die Marionettenspieler (2946)

Howard Engel
Es kommt alles ans Licht (2745)
Ticket für einen Toten (2833)

Georg Feil
Das Gesetz (2722)
Todsicher (2803)
Totgeschwiegen (2914)

B.M. Gill
Herzchen (2818)
Othellos letzte Probe (2827)
Seminar für Mord (2775)
Zündstoff für das Parlament (2767)
Der zwölfte Geschworene (2738)
Nocturus für eine Hexe (2926)

Ralph Herrmanns
Aus Gründer der Geheimhaltung (2885)
. . . des anderen Tod (2862)
Triumph der Lüge (2884)

THRILLER rororo

C 2115/12